# 男の業の物語

石原慎太郎

幻冬舎文庫

# 男の業の物語

# 目次

友よさらば　8
死ぬ思い　14
男の執念　21
片思い　29
安藤組と私　35
博打　42
秘めたる友情　51
男の面子に関わる会話　57

男の美徳　62
臆病の勇気　68
遊びの神髄　74
果たし合い　80
無類な旅　86
男の自負　92
男の遊び場　99
男の約束　106
男の兄弟　111
暗殺された友　117
人生の失敗　124
男の就職　131

男の気負い　137
男の功名心　144
死に際　150
男と金の関わり　156
仲間の訃報　162
男の強かな変節　168
惨殺の系譜　175
男にとっての海　181
男の一物　187
スタッグ　193
挫折と人生　200
初体験　205

自然現象との関わり　212
男の気負い2　219
男の意地　国家の意地　225
男の覚悟　231
手強い相手　236
今は昔、スポーツカーノスタルジー　242
スポーツの効用　249
男の傷　256
喧嘩　262
女を捨てる　269

# 友よさらば

昔、大学の寮にいた頃、先輩たちから歌い継がれてきた歌に「妻《めと》を娶らば才たけて顔麗《みめ》しく情ある、友を選ばば書を読みて六分《りくぶ》の侠気《きょうき》四分の熱、人生意気に感じれば共に沈まん薩摩灘」というのがあった。

人と人との出会いは往々その人生を変えたり決めたりするが、素晴らしい友人との出会いも相手のお陰で往々その人生を決めてくれる。その実際の例はこの私だ。私にとって大学で同じクラスにいた西村潔は今思い出せば神様のような存在だった。

昔々同窓の先輩の伊藤整や瀬沼茂樹などがつくっていた、あの『一橋文藝』を復活しようというグループがあるので、俺たちもそれに加わらないかと西村が誘ってくれたものだ。私も興味をそそられ、参加はしたがなかなか埒《らち》が明かずに、結局私と彼が走り回り、なんとか資金は集めたが肝心の原稿が集まらず、最後の百枚ほどの穴埋め原稿をお前が書けと西村に言われて、私が生まれて初めての小説『灰色の教室』なるものを物したものだった。

それが文藝春秋の雑誌『文學界』の同人雑誌批評欄で高く評価されたのがきっかけで、その頃創設された新人賞に応募した『太陽の季節』で芥川賞をもらったことで私の作家への道が拓《ひら》けた。

私としては西村が二人してやっと出した『一橋文藝』を文藝春秋に送っていたことなど露ほども知らなかった。

それ以前に就職の当てもなしにのんびりしていた私に、映画会社の試験を一緒に受けないかと彼が誘ってくれたので、映画好きの私もその気になって二人して受験し、二人して合格したものだった。

私はその後なんとか物書きとして出発したが、彼はその後長いこと助監督として働き、やっと一本立ちしてサム・ペキンパーを少しリリックにしたみたいなアクション映画をつくった。しかし映画界の不況の中でのアルバイトで手助けしたホンコンの日本についての記録映画で、日本の銭湯の実態を撮影するために女湯に設置したカメラの映像を回収しに行った時、捕まってスキャンダルにされ、映画界を追放されてしまった。

そしてその後彼は葉山の長者ヶ崎の海岸で、展望台の椅子に遺書を残して海に入って自殺してしまった。遺書には「俺はこの世に来るのが遅すぎた」とだけあった。

私にとって人生の恩人とも言うべき友達の訃報には愕然《がくぜん》とした思いだった。学生時代、まだ誰も知らぬユングやキューブラー＝ロスなどという識者の存在について教えてくれたのは彼だった。それら二人に私は大きな影響を受けたが、彼が何故《なぜ》他に先んじてそうした学識を備えていたのかは全くわからない。

しかし彼こそが私の人生を決めた、貴重という以上に神様みたいな存在だったことは否めはしない。私の目には今でも、あの人気《ひとけ》のない葉山の小さな岬の展望台から海に向かって独り歩いていく彼の後ろ姿が浮かんでくる。

「友を選ばば書を読みて」とは言うが、あの素晴らしい友人を私に差し向けてくれたのは神様以外にありはしまいに。

それにしても彼は妙に一途《いちず》なところがあった。助監督時代、ある女優に惚《ほ》れて彼女をものにするために、彼女の住まいの前に雨の日も風の日も二十日間も立ち尽くしていたそうな。などということを、何を思ってか私には淡々と打ち明けていたものだった。

しかしある時、私と彼との間にあることで亀裂が入ってしまった。それはある映画好きの成金がどういう関わりでか、彼に私の『刃鋼《はがね》』という作品の映画化を持ちかけ、原作者の私に全く断りなしに作品の映画化を進めてしまった。あることで私がそれを知って咎《とが》めたら、彼がやってきてなんとか見逃してくれと頼むので、他ならぬ彼なのですでにカメラを回してしまったというラッシュを見たら酷《ひど》いもので、主人公の俳優も大阪の何とかいう芸人のハーフの息子で、それまでの出来も悪く、私は率直に批判して映画化を拒否した。

私としては愛着のある作品で、いつの日かの映画化の時の俳優や監督までも密《ひそ》かに考えていたものだったのに。

彼も彼のスポンサーが私に無断で映画化を持ちかけたと知って愕然としていたが、私の判断は芸術家として当然のことだと思っている。

彼が自殺したのはそれから間もなくのことで、その一件にからめて彼が誰に何を話したのかは知らぬが、それを拒否した私を咎めたことに関して、誰かが「友よさらば」などというタイトルで非難の記事を書いたりしたものだ。

あれは私と彼との関わりにとって悲劇としか言いようもない。

それにしても彼という友人を持てたことは、私の人生の奇跡としか言いようもない。まさに歌の文句のように「友を選ばば」そのものだった。私は生涯の中で良き友達に恵まれてきたが、西村は稀有《けう》なる存在だった。驕《おご》った言い方かもしれないが、彼は私のために生まれてきたような存在だった。神様が私に彼を与えてくれたとしか言いようもない。彼のことを思うと人の人生の不思議をつくづく感じさせられる。

まさに昔の歌の文句のとおり、「友を選ばば書を読みて」だ。

# 死ぬ思い

よく「死ぬ思いで何々したよ云々」と言うが、これはやはり男の使う慣用句であって、女はあまりこんな文句は口にはしまい。女の場合はせいぜい何かの病にかかったとか、そんな病からなんとか脱したといった場合くらいのものだろう。そこらが男と女の生きざまの質的な違いということだろう。

斯《か》く言う私も、ある時はまさに自業自得、ある時は不可抗力、まさに天の悪戯《いたずら》によってとしか言いようのなかった羽目で死ぬ思いをさせられたことがある。

しかしそうした体験は結果として私を男として磨いてくれたと思う。だから居直って言えば、何かで死ぬ思いをしたことのない奴《やつ》なんぞ、一人前の男とは言えないのではないか。

かと言ってそんな体験を繰り返して、それに慣れてしまい、死を恐れぬ人間になりたいとは思わないが。

あの冬のマッキンリーで前人未踏の単独登頂を果たし下山の途中、想像を絶する強風に吹き飛ばされて死んだ、無類の冒険家の植村直己みたいに「死ぬ思い」に憧れて慣れ尽くして、結局死んでしまったような男になりたいとも思わない。

まあ、「死ぬ思い」なる体験は男の人生のアクセサリーとは思うが、私自身も味わったあんな体験はまたしてみたいとは決して思わないが。

最初のそれは一九六二年の十一月に行われた初島回航のヨットレースだ

った。コースは葉山をスタートし、フィニッシュラインは当時はまだヨットレースが許されていた東京湾の横浜ヨットハーバー沖だった。

私の船は断トツで初島を回り、その後を早稲田の『早風』とアメリカ海軍の『カゼハヤ』が追いかけてきていた。

ところが相模湾に入ってから、到来した寒冷前線が何故かずたずたに裂けてしまい、それが小さな低気圧をつくってしまって、前後左右から突風が吹きつけ三角波をつくり、船をあおって舵《かじ》も利かなくなってしまった。『カゼハヤ』はいち早くリタイアしてしまい、私たちの船を『早風』が無理したオーバーキャンバスで追いかけてきていた。しかし後で聞くと、その前に慶應の『ミヤ』が転覆して沈み、『ノブキャン』では落水者が一人出ていたそうな。

私たちの船は三崎の城ヶ島間近の沖合にいたが、あの辺りの悪い潮がつくる三角波に翻弄され続けて、舵が利かずにまるでロデオの馬の背に乗っているみたいで、島の灯台の明かりが近くで躍る三角波を帆に映し出し、それが髪の毛を振り乱して狂う女の姿にも似て見え、私は決心してレースを棄権し、間近のホームポートの油壺に戻ることにした。

その決心が正解だったことには、後に私たちを追い抜いてそのまま横浜を目指して暗礁の多い金田湾に突っ込んでいった『早風』は遭難して沈み、六人のクルー全員が流され、対岸の千葉県の海岸に二人の遺体が打ち上げられ、他の四人は行方不明になった。あのレースでは合計十一人という未曾有の犠牲者が出たものだった。あれはまさしく死ぬ思いをさせられた初めての体験だった。

二度目の死ぬ思いはまさに自業自得で、偶然目にした北マリアナの北端のマウグという、かつての海底火山の火口の周囲がそのまま百メートルを超す断崖となって隆起している奇怪な島の魅力に誘われ、仲間たちと船を仕立ててダイビングツアーに出かけた時のことだ。

足の遅い船でようやくたどり着いた一つ手前のパジャロという火山島で、ともかく早く未知の海に潜ろうとして気が急《せ》いて、本船からテンダーに飛び移ろうとして足に履いたフリッパーを引っかけて横転し、仲間の膝に背中から落ちてしまった。

いちおう本船に戻って背中に薬を塗りマッサージをしてもらったが、仲間もただの打ち身だと言ってくれ、その気になって夕飯の時に酒を飲み、夜釣りをしていたら突然背中に激痛が走った。並の痛さではなく身動きが出来ない。これはただ事ではないと思い、最寄りのサイパンまで下って診察を受けなくてはと、ダイビングは諦めて足の遅い船で南下した。しかし激痛で眠ることも出来ず、サイパンの救急センターに連絡したら、途中のパガンという島に噴火で半分潰れた古い滑走路があるから、そこで救急用の飛行機で拾ってくれるという。

言われてたどり着いたパガンなる島はかつては人が住んでいたそうだが、火山の噴火で無人化してしまい、昔飼われていた牛が野生化し危険極まりない。痛む背中を庇《かば》いながら這《は》い上がった昔の飛行場の滑走路はわずか三百メートルほどのもので、それでも奇妙な形をした救急用の飛行機はなんとか着いてくれたが、はたして無事に離陸出来るものなのか。これで失速して海に墜落したら怪我人の私だけが死ぬだろうと、あの時は本気で縋《すが》る思いで神に祈ったものだった。

しかしたどり着いたサイパンの病院では、症状からしてもしも背中に損傷があったならここでは処置が出来ないからグアムの海軍病院に行けという。痛みからして事は尋常ではなさそうで、もしも背骨をやられていたら、これは一生ものだと暗然とさせられた。

そしてたどり着いたグアムの海軍病院で早速レントゲン写真を撮った。祈る思いで結果を待ったが、幸い肋骨《ろっこつ》にひびが一か所あるだけとのことで息がつけた。

そのまま島の日航ホテルに入り、翌日の航空便を予約し、昼夜三日間飲まず食わずできた体を癒すために大型のステーキを貪り、思い切ってカンパリソーダを呷《あお》った。あの時ほど酒が身に染みたことはない。それでいい気になってさらにスコッチのハイボールを二杯飲んだ。そして部屋に帰りベッドに横になったら、途端にあの激痛が襲ってきた。なに慣れたものだと覚悟して、それでも熟睡したものだ。

後で聞いたら骨折には酒は禁物だそうな。そして日本に帰り、確かな病院で調べたら、何と肋骨のひびは一か所ではなしに三か所あったものだった。

あの、まさに命がけの体験は今になれば身から出た錆《さび》として忌々《いまいま》しくもあるが、懐かしくもある。しかし、あれがこの私を男として鍛えてくれたとは毛頭思いはしないが。

# 男の執念

男も女も同じ人間だから愛する者への執着は同じことだろうが、しかし男の場合はやはり女とは違った形で現れるに違いない。それが募る度合いによっては愛する相手への理不尽なストーカー行為となったり、それが高じての相手の殺傷ともなりかねまい。

これから綴る挿話は男ならではの強い執念の現れた、それも私自身が見聞きし、また実際に関わり合った出来事だ。

その一つは、講演に出かけた長野の松本市で、友人が関わりのあった病院の若い医師から聞いた話だ。彼は東京のある大病院からその病院の内科部長として栄転してきていたが、役職として市外の辺鄙《へんぴ》な所にある老人専門の保養所をも担当していて、月に何度か出向いて、収容されている高齢の患者たちの検診を受け持っていた。

その施設は松本市からかなり離れた高地にあり、収容されている患者たちの多くの者は認知症の傾向があった。それなりに手のかかる患者ばかりだったが、中に一人、特に厄介な患者がいたそうな。

実はその男は彼にとってそこでの初対面の患者で、彼が初めて施設を訪れた時はもうかなり夕刻で、辺りは冷え込んできていたのに、その男だけが玄関脇の前庭に据えた椅子に座って凝然と北側の山並みを眺めていて、看護師にもう寒いから中へと促され、それでも拒みながら、いかにも不機嫌な様子で嫌々屋内に連れ込まれていた。

来る途中出会った樵《きこり》に尋ねて知らされたが、その辺りからは北アルプスの常念岳や蝶ヶ岳、穂高岳の左には焼岳といった高い山並みがよく見えた。

看護師に聞いたところ、その老人は身元が知れず施設の中で一番手のかかる患者で、なんでも松本駅で行き暮れているのを保護されたそうで、どうやら東京から迷い込んで来たらしい。

さらに厄介なのは時々勝手に施設を出て行き、それも北の山に向かって走り出して行き、途中でへばって行き倒れになっているのを保護され、施設に連れ戻されるそうな。途中すれ違った村人の話だと、老人とは思えぬ勢いで血相を変えて走り過ぎる様子は異常で、山の神様に憑《つ》かれでもしたのかと思われ、そんな報《しら》せから施設では山神さんという渾名《あだな》で呼ばれていたという。

その老人がある時、風邪を引き肺炎を起こしてしまい、その医師が呼ばれて駆けつけたが、結局その甲斐《かい》もなく老人は息をひきとった。そして施設の看護師の言うところ、苦しくなった息の中でしきりに何か同じことを

口走り続けていたそうな。臨終間際に駆けつけたその医師もそれを聞いた。その言葉は、

「カンメイアリマスカ、カンメイアリマスカ、イイカ、モウヒキカエシテキャンプニモドレ。キカイハマダアル、キャンプニモドレ」

そのカンメイという言葉の意味が全くわからぬまま、施設の者たちはただ固唾《かたず》を呑《の》みながら見守っていたという。

それを聞いて件《くだん》の医師はある事を思いついたそうな。

いつか東京の病院仲間に誘われ東京湾に釣りに行った時、二班に分かれていた釣り船間の連絡には、まだ携帯電話などなかった頃でトランシーバーなる機械が使われていて、相手の機械の感度を確かめるために「カンメイアリマスカ」という呼びかけが使われていたのを彼は思い出した。

そして件の老人の最後のキャンプ云々の言葉からし、これはどこかの山での登山隊の間の会話に違いないと推測したそうな。そして件の老人の着

残していたツイードのジャケットの内側のＹＫというイニシャルから身元がわかるのではないかと思い、老人の年頃から判じてかなり以前の山岳家ではないかと推測し、日本山岳協会に問い合わせてみたら、数十年前にＫ２登頂のための初ルートを開く試みで出かけた日本チームの隊長だった人物で、その時の登頂隊のメンバーの一人が彼の弟だったが、隊員三人とも遭難して帰ることがなかったそうな。隊長の彼もある日突然姿を消して行方知れずになったという。

その彼が保養所で死ぬ寸前、夢うつつの中で呼びかけていたのはＫ２で死んだ弟だったに違いないと。

もう一つの男としての執念の事例にはこの私自身に関わりがあった。

私が日本外洋帆走協会（ＮＯＲＣ、現・日本セーリング連盟）の会長をしていた時、恒例の初島レースに参加するために横浜のハーバーから回航してきた学習院のヨット部のヨットが悪天候の中で遭難した。船は大波にあおられて三崎の手前の暗礁に衝突し、乗っていた五人のクルー全員が死んだ。しかし艇長を務めていた男一人だけの遺体が見つからなかった。

不思議なことに結婚したての未亡人の話だと、彼等が横浜を出て間もなくの時間に彼から留守宅に電話があり、夜遅く逗子の家には帰宅するが明日の昼スタートのレースには出るから風呂を沸かしておいてくれ、とのことだったそうな。

これも不思議な話で、彼女が彼からの電話を受けた時間には船は回航の途中で、まだ携帯電話もなかった頃のことでありようのない話だった。

だから彼女は遺体の揚がらぬ夫の死を信じようとせず、クルーたちの合同葬儀に出ようとはしなかった。それを私が説得して、責任ある艇長の未亡人としてなんとか出席させたものだった。

それからしばらくして幼い子供を抱えたままの彼女はようやく彼を諦め、

再婚の決心をした。その相手は私の船のクルーをしていた男の友人で、そんな縁もあって私は彼女の再婚の式に出席したものだった。

その席で彼女は私に、彼等が遭難した暗礁の見える岬まで出かけて、亡くなった夫に再婚の報告をしたと打ち明けてくれた。「風の強い潮騒《しおさい》の高いところですね」と言っていた。

さらにしばらくして同じ逗子の町に住む彼女と偶然町の中で再会した。その時も彼女から、再婚はやはり上手《うま》くいかずに相手とも別れることにしたと打ち明けられた。

それからさらにしばらくして、彼女から東京に移った私の家に電話があり、育った娘が良い相手と結婚することになったので、ぜひその式に出てほしいと頼まれた。

私も約束してその日、横浜のホテルでの式に出向いていった。

式の始まるすぐ前に、彼女が私を脇に呼んで潜めた声で打ち明けてくれた。

「昨夜、あの人からまた電話があったんですのよ」

「誰から」

「死んだ主人からです」

「そんなっ」

「間違いありません。夜中近くに電話が鳴って娘が取り次いでくれたの。でも相手の声はせずに、ただ風の音と潮騒だけが聞こえてきたの。あれは間違いなく彼が亡くなった海の見える、あの岬の風の音でした」

彼女は小さく強く頷《うなず》いてみせた。

# 片思い

ボードレールの詩の一つに、大都会での行きずりの恋についての、いかにも切ない印象的な詩がある。

都会の雑踏の中で視線が合い、互いにこの相手こそが誰よりも自分に相応《ふさわ》しいと直感し合う。その直感が互いに正しいということを、相手もまた感じ取っているのを心の閃《ひらめ》きは肯定している。そしてその見知らぬ相手もまた同じように。しかし互いにそう直感し合っているのを強く感じ合いながら、二人はすれ違い、永久に再会などありはしない。

という切ない恋の直感を見事に表した詩だが、これは都会の雑踏ならではのあり得ぬ心のドラマだ。しかしそれが結実することが絶対にないわけではない。

私の盟友だった江藤隆美という、竹を割ったような気性の代議士はまだ県会議員だった頃、所用で上京した時にすれ違った女性に一目惚れし、彼女の後を付けて先回りして次の町角で彼女を捕らえていきなり名乗り、「私はあなたを一目見てあなたに決めたんだ。なんとかこの私と結婚してくれ」と懇願し、相手の女性もその気迫に呑まれ、彼の凛々《りり》しい男らしさに胸を打たれ、ついに結婚してしまった。これなんぞ噓《うそ》のような本当の話だ。

男は誰しも見知らぬ女にそうした直感を抱くことがあるに違いない。とは言っても江藤のように猪突《ちよとつ》して打ち明けられるものでもありはしない。しかし一目見て、その強い印象が後々まで尾を引いて残ることなんぞは多々ありもする。

私にも一度そんな経験があったが、それは思いもせぬ無惨な結末で終わったものだった。

まだ二十代の半ばの頃、ある出版社主催の講演旅行で山陰に出かけ、鳥取市での講演を終え、市長と教育長の接待で市の郊外の温泉旅館での宴会に招待された。同伴の講師は親しかった高見順氏と評論家の竹山道雄氏だったが、宿は海の間近で海の好きな私は見知らぬ土地の海を一目眺めたいと思い、出かけたが、もう夕方に近く辺りに慣れぬ私を気遣って宿の若い女将《おかみ》さんが付き添ってくれたものだった。その彼女は浜辺の溝を越す時、足元の定かならぬ私の手まで取って案内してくれた。

そうやって間近で見直すと息を呑むほどのまさに絶世の美人だった。と言ってそれ以上何をすることも出来ずにしばらくして宿に戻ったが、その間も彼女が当時売り出し中の評判の私に好意を抱いているのは自惚《うぬぼ》れではなしに強く感じられた。

思いがけぬ美人を直《じか》に目にして、しかも人気のない浜辺で一瞬だが手まで取られて過ごした相手の強い印象の余韻を抱えて、なんとなく仏頂面をしている私に、高見氏が気付いて訳を質《ただ》したので、私も気の合った文士同士の仲故に先刻のことを話したら、高見氏が笑って大いに頷き、

「いやあ、その気持ちはよくわかるなあ。それが旅の味わいというものだぜ。せいぜい悶《もだ》えたらいいぜ」

半ば本気でちゃかしてくれた。

宴会が始まり、気さくで洒落《しゃれ》た気配の市長に私が思わず、

「いやあ、この宿の若女将が綺麗《きれい》なのには驚きました。あんな美人はどこにも滅多にいませんが、この町にはあんな美人が多いんですかねえ」

慨嘆してみせたら、市長が身を乗り出し、

「そうでしょう。あれはこの町随一の美人ですが、最近子供を産んだらま

すます磨きがかかりましてな。実はこの宿の跡取りというのがこれまた町一番の男前の遊び人でしたが、あれをもらってさすがに遊びが治まりましてな。仕事も真面目にするようになって、親たちもようやく安心しておりますよ」

と。言われてそれは当然と頷いたものだったが。

それから数年して、どこかのゴルフ場で付いてくれたキャディに出身地を質したら、何とあの鳥取県の温泉町だった。そこで私としては件のあの絶世の美女を思い出し、町でも評判だったというあの宿の若女将を知っているかと尋ねたら、キャディが、

「よく知っていますよ。でも、あの人今どこにいるかご存知ですか」

と聞き返してきたものだった。

「え、まさか離婚したわけじゃないだろうが」

「違いますよ。あの人今、刑務所にいるんですよ」

「えっ、いったい何故だ」

「あの人ね、旦那さんが夜寝ている時に紐《ひも》で首を絞めて殺してしまったんですよ。それで今はね」

言われて思い当たった。

あの時、市長が言っていたとんだ放蕩《ほうとう》者だった亭主も、結婚して天下一の美人を我が物にしてしまえば贅沢《ぜいたく》にもそれに飽きて、昔の放蕩を始めたに相違ない。そして絶世の美人のあの女将は、美人としての沽券《こけん》でそんな亭主を許すわけにはいかなかったのだろう。

そう思って、いかにもと納得したのもこちらの片思いの沽券ということか。

# 安藤組と私

私は別段の興味を持っていたわけではないが、戦後一世を風靡《ふうび》し渋谷を席巻していた安藤組と不思議な縁での関わりを持ったことがある。その関わりというのはそれほど深刻なものではなしに、組幹部の数名と偶然に近い縁で知り合っただけで、周りから心配されたり咎められたりするような深い関わりではありはしなかった。

しかし彼等との出会いは、その後の世の中の変動の中で彼等が示した存在感からすれば、一人一人の男としては極めて強い像で記憶に刻まれている。

組のトップの安藤昇とは当人に知己を得る前に、彼の配下の花形敬、花田瑛一そして西原健吾といった精鋭たちとまさに奇縁で知り合い、その背後にいた安藤とはさらに彼が組を解散した後に思いがけぬ形で出会ったものだった。

彼等のグループは戦争中、兵隊として命がけで戦って生き残り、敗戦によって増長した朝鮮人たちが盛り場で好き勝手なことをし、一般の市民たちをいじめるのを見兼ねて発奮し、彼等を排するために立ち上がった血気盛んな若者たちが原型だった。

最初に知り合ったのは、若頭とも言うべき西原で、私の弟が逗子の海岸で知り合い、気安く彼を私たちの持つ小さなヨットに乗せてやった縁で、当時は國學院大学の空手部の主将をしているという快活な青年とすぐに仲よくなった。

その彼が葉山の森戸に合宿所を構えていた慶應の水泳部の学生たちと悶《もん》着《ちゃく》を起こし、その夜、森戸で果たし合いをする、相手は八人、西原は一人というので私たち兄弟が助っ人として手を貸そうかと名乗り出たら一笑され、あんたらは黙って横で見ていてくれと言われて出かけたが、西原の強さは圧倒的で、彼の空手の技は冴《さ》えに冴えてほとんど一瞬にして慶應の学生たちは全員薙《な》ぎ倒されてしまったものだった。

以来、私たちは不思議な顔見知りとあいなった。

もう一人の幹部、花田とは私の初主演映画『日蝕の夏』のロケ地の葉山のヨットハーバーの入口で出会った。同伴していた共演者の高峰三枝子さんがしていたサングラスをうっかり海に落としてしまったら、横にいた見知らぬ男が水深十メートルに近い水底まで潜って拾い上げてくれた。そのタフな男のことを、その道に詳しい撮影班の男に聞いたら安藤組の幹部の花田だった。その時はただ礼を言っただけで別れたが、互いに水着姿のことて高いものにつきはしなかった。

三人目の最高幹部、プロレスの力道山も恐れて避けたと言われていた花形はチンピラを片手だけで四人殴り殺したという伝説の男だったが、渋谷に限らず当時のどこの盛り場でも彼の後ろ姿を見ただけで、その筋の者たちは避けて通ったというような存在だった。

ある時、芝居仲間の浅利慶太と彼の行きつけの渋谷の『どん底』というバーで飲んでいたら、話題が渋谷を完全に取り仕切っている安藤組になり、組のエースの花形の凄《すさ》まじさに及ぶと、少しおっちょこちょいのバーのオーナーが粋がって、「なんだあいつなんて、この店に来たら追い返してやらあね。来るなら来てみろってんだ」。胸を反らして喚《わめ》いたら、それまでバーの隅で黙って飲んでいたソフト帽を目深に被《かぶ》っていた男が帽子を少し上げて、

「俺に何か用事かね。俺が花形だけどな」

静かに名乗ったのには全員度肝を抜かれ、凍りついたものだった。

その花形は包丁で刺され、西原もいざこざの話し合いに、約束で丸腰で出かけていったのに、彼を恐れた相手に拳銃で撃たれて敢《あ》えなく殺されてしまった。それがきっかけで安藤は組を解散し、堅気になってしまった。

その後、男前の彼は東映に見込まれ、何本かのヤクザ映画に出演していたが、彼の演じる役は他の誰よりも黙っていても迫力があり、歴然とした存在感があった。


私が彼と知り合ったのは彼が引退した後、八丈島で釣り人相手の宿を始め、衆議院に移った私が選挙区を伊豆諸島を含む東京二区にしたことで、ある人から彼が私の言い分を良しとしていると聞いて、島での支援を頼みに面会してのことだった。

その時、私たち兄弟がヨットの縁で西原の健坊と仲が良かったことを打ち明けたら、彼も驚き、いかにも懐かしそうに彼のことを話し出したのが印象的だった。

それで図に乗って、「あんたはなんであの横井（英樹）を拳銃で襲わせたりしたんですか。あんなことをすればたちまち警察沙汰になり、監獄行きになるのはわかりきったことでしょうに」。言ったら彼が薄く笑って、

「いやね、それはわかりきったことだったけれど、あいつが拳銃を向けて脅した私たちを鼻で笑い飛ばして、『ここはお前たちチンピラの来るところじゃないぞ』と手で追い払い、こちらも気圧《けお》されて引っ込んでしまったが、建物の玄関で頭に来て立ち止まり、これじゃ男が立たぬと思い直してやってしまったんですよ」

と打ち明けてくれたものだった。これは他の誰も知らぬ安藤秘話に違いない。

しかしいずれにせよ、ああした無頼の男たちとの出会いは、私の人生を

妙な味わいに彩ってくれたような気がしてならないが。それも互いに男ならではのことだろうか。

無頼は無頼でまかり通るというのも、男としてのある種の勇気に違いなかろうに。

# 博打

博打《ばくち》という言葉は耳に心地好くはないが、賭け事というならなんとか受け止めやすい。スポーツを含めて人生には競争が事欠かないが、その勝敗の結果への興味は人間としての本能の発露で、それが賭け事に結びつくのは至極当然のことだろう。特に男の場合は生きていくためにもさまざま競争を強いられるから、その結果についての興味は女以上に賭け事に繋《つな》がりやすい。小説にしろ映画にせよ、女の博打というのはあまり聞くことがない。

斯く言う私は賭け事にはあまり興味がなく、故に博打に凝ったこともあまりない。しかし一時期、気の合った仲間とつくったキイクラブでポーカーが流行《はや》り、私も手を染めたことがある。あれはキャッシュをもろに扱うゲームで、それ故にゲームを戦う人間の心理が現れて、眺めているだけでも興味深いものがあった。

と同じように、賭け事のマニアにとっては他人の勝負を眺めているだけでも興味深いものらしく、ある時面白い話を聞かされたことがあった。

その男は『劇団四季』の立岡という役者で、四季がまだ売れていない頃、劇団の経理担当を任されていた。ある時、集金の用事で新橋の横の、昔、文藝春秋の本社があった通りを歩いていたら道端に華僑《かきょう》たちのクラブハウスがあって、その一階の部屋で彼等がマージャンをしているのが開け放たれた窓ごしに見えた。暇があったのでマージャン好きの彼が窓の外からその様子を眺めていたら、その内、中の一人が所用で立ち上がり抜けていった。そうしたら他の一人が外の彼に気付いて「あんたマージャン好きそうだね。一人抜けたので一緒にやらないかね」と声をかけてきた。

「ええ、でも賭けているんでしょ」

「いやいや、安いものよ」

「いくらですか」

単価を聞いたら相手が答えたので、それくらいならなんとかなると思って、

「でも、私、用事があって後一時間くらいしか出来ませんがね」

「ああそれでいい、それだけ付き合ってよ」

言われるまま中に入って付き合い、一時間戦ってなんとか勝ちはした。この分だと勝ちの取り分は多分四千円かなと思っていたら、何と彼に手渡されたのはその百倍の四十万円だった。それを手にしながら、もし負けていたらと思って体が震えたそうな。

賭け事の金に関しては、極めて印象的な場面をキイクラブで直に目にしたことがある。後にアメリカに渡り有名になった荒川修作が何やら怪しげなパフォーマンスをしてみせたり、黛敏郎がジョン・ケージたちとメタムジカなる訳のわからぬ超現代音楽を演奏してみせたり、誰かが滅多に見られぬインディカー・レースの凄まじい記録フィルムを持ち込んでみせたり、一度誘って遊ばせた亡き三島由紀夫が「ここは一種の魔窟だな」と慨嘆していたような滅多にない遊びのスポットだった。

そこの人気の少ない中二階の一角で、ある頃からポーカーが流行り出した。その建物のオーナーがその道の通で私も手解《てほど》きを受け、むき出しのキャッシュの行き交う、なかなかエキサイティングなゲームに凝り出した。

ある時、その仲間の常連の一人がなかなかのポーカー打ちを連れてきた。建物のオーナーはそこでの素人の遊びにプロは一切入れることはせずにいたが、その夜初めて見た客は素人ながらカードの手捌《てさば》きも鮮やかで、強《したた》かな遊び手に見えた。その場に居合わせたのは常連の、ある古手の有名な歌手のマネージャーの男と、これも常連のある老舗《しにせ》の製薬会社の中年の社長、それに私と当時隆盛を極めていた渡辺プロの社長の渡辺晋さんで、その時の勝負はかなりの活気で進んでいた。

しかし私はある時点で勝負から降りていた。というのは、その前の試合で私の手の内にかなり良い手が来ていたのだが、それをものにすることが出来なかったからだ。それはエース二枚の後はジャック二枚のフルハウス待ちという絶好の手で、私からいい気になって場を吊《つ》り上げていったのに最後の一枚が手に入らず、みすみすチャンスを逃してしまっていた。どうやらその夜のつきは私には回ってこない予感で、持ち金の十万円のほとんどは最後の私からの場のレイズで事切れてしまい、それ以上の散財を惜しんで以降仲間の勝負を傍《はた》から眺めることにした。

これもまたなかなか興味深い見物で、横から覗《のぞ》いた手の内のカードをいかにブラフをかませながら相手を牽制《けんせい》していくかの心理作戦は、物書きの私としても大層参考になったものだった。

その内に誰かが言い出して、その場のルールがデュースワイルド、つまり2のカードがオールマイティということになり、手の内のカードの組み方が多岐にわたるものとなり、必然それぞれの思惑を構えて場の賭け金の額が段々高いものになっていった。

ルールが変わったので私も途中からまたゲームに加わったが、ある段階で相場が跳ね上がり、適当なタイミングでまた試合から降りてしまった。当時の私の原稿料はかなり高いものだったが、それでも昨夜書いた原稿料をみすみす博打で失うのは馬鹿馬鹿しく、当時まだ昭和二十年代の十万円と言えば今時の百万円以上の価値があったものだった。

その内にゲームの場は新規のルールのせいもあってかさらにヒートして

いき、最後は渡辺プロの晋さんと新規の顔の知れぬ男との二人の対決とあいなった。場の賭け金の額は段々レイズしていき、二人の意地の張り合いみたいになり、ついにメイク四十万という破格なものにまでなった。そして晋さんもそれに応えてコールしたら、相手の男がもの静かに、

「それではメイク五十万といきましょう」

それは私の知る限り、その店での手慰みの中で最高のものだった。周りの仲間が固唾を呑んで見守る中で晋さんが、

「よしコールだ。ただしキャッシュが足りないので小切手を書かせてもらいたい」

言ったら相手の男が控えた静かな声で、

「いや渡辺さん、ポーカーはあくまでキャッシュのゲームの筈《はず》じゃないですか。小切手は困ります。ならば降りてくださいよ」

たしなめて言ったものだった。

言われて晋さんが怒って顔色を変えるかと思いきや、

「わかった。それじゃこれからキャッシュをつくってきますから、少し待っていてもらえますかね」

言われた相手もごく落ち着いた面持ちで、

「いいですよ。お待ちしていますからどうぞ」

ということで、晋さんは自分のカードを胸にしまい、残りのカードを箱ごと店の主人に預けて席を立ち、夜中の二時すぎというのにどこかへ金策に出かけて行った。

それから三十分ほどして晋さんは小走りで戻ってきてテーブルに座り直し、ポケットから取り出した札束を数え直してテーブルに置いて、

「メイク五十万でしたね。ならばこれでコールです」

言った途端、相手の男が、

「いやあ夜遅くご苦労さまでしたね。コールですか、ならば私はダウンで

す」

薄い微笑で言い切った。その瞬間、誰かが音は立てずに拍手してみせ、皆が期せずしてそれに倣ったものだった。

あれは私の知る限りでの男同士の博打のポーカーならではの名勝負と言えたに違いない。

# 秘めたる友情

最近あることで今は亡きかつての天才的経営者、リクルートの創業者江副浩正氏のお嬢さんと知り合った。そして思いもかけぬことを彼女の口から直に伝えられ感動させられた。

江副氏は、面識もなかったこの私のことを何故か深く敬愛してくれていて、氏の書斎には私の著書のすべてが納められていたという。それどころか氏は私の住む湘南の逗子にわざわざ東京から居を移し、入り江の向かいの山の中腹にある私の家の見えるところに新居を建てて住まわれていたそうな。

それは東京の六本木に近い東洋英和女学院に通っていたお嬢さんにすればば大迷惑な話で、今まで東京の実家から半時間で通っていた学校に、はるばる逗子から二時間近くかけての通学となったらしい。彼女にしてみれば、父親の人間道楽は大迷惑だったに違いない。

私が江副氏の私に対する、敬愛の故だろう並々ならぬ友情について自覚したのは、こうして彼のお嬢さんと出会い、彼の私に対する敬愛の情について縷々《るる》知らされてからのことだった。

それにしても私が参議院から衆議院に転じて東京の選挙区を選んで東京に移居するまでの間、同じ逗子の町にいながら江副氏から声をかけられたことはないし、出会ったこともなかった。いずれにせよ氏の私に対する思慕は一方的なもので、もしも顔を合わせる機会があったとしたならば、二人の間に持たれたに違いない会話を想像するだけで胸のはずむ思いがするのだが。

　しかし直接出会うことのなかった私たちだが、間接に彼の並々ならぬ友情を感じさせられたことはあった。

　ある年の冬に思い立ち、リクルートが経営するスキー場にあまりスキーの得意でない家内と出かけたことがある。そして行った先のスキー場で私とたどたどしい家内が滑るルートをラッセル車が先導してコースをならして、家内にしてなおスムースかつ安全に滑りおおせることが出来たものだった。そうした格段の差配を支配人に感謝したら、本社から十分に気遣うようにとのことだという。それでもなお、まだ私は迂闊《うかつ》にもスキー場のオーナーたる江副氏について意識することがなかった。

　ちなみに彼は、私の全く知らぬ時、知らぬ所で急逝していた。お嬢さんの話だと、旅先から戻った東京駅で転倒し、頭を強く打っての急逝だったそうな。そのことをお嬢さんから聞かされた時、私に対してそれほど格段の友情を抱いてくれていた彼が、直に出会って名乗り合いもせず身まかってしまったことの意味合いを私なりの感慨で思い当て、言わばいまだ見知らぬ真の友人の秘めたる友情に思い当たり、胸が熱くなった。

「そうか、そうだったからなのか」

私は真の友人に感謝していたものだった。

それはかつて世間を騒がせ、日本の政界を震撼《しんかん》させたリクルート事件についてのことだった。新興の企業リクルートの株式が公開されるという予測で、事前にそれを分け持って公開の際に高値で売って大儲《おおもう》けしようと企《たくら》む政治家たちがリクルートに食いつき、暴利を得ようとして暗躍し、それが発覚しての大スキャンダルとなった。時の総理大臣までが絡みつき、それを庇おうとした優秀な官房長官までが失脚したものだった。

私のよく知る、そろそろ大臣適齢期の男があまり人のなりたがらない労働大臣をしきりに希望する理由がわからずに質したら、労働問題に関わり深いリクルートにこの際食い込む所存だとぬけぬけ吐露していたものだ。

思い返してみれば、中川一郎が怪死した後、派閥を引き受け金に苦労していた時に、私に対してそこまでの心情を抱いてくれていたという江副氏から公開前の株について何の持ちかけもありはしなかった。持ちかけられれば卑しく飛びついて、私も政界の醜聞に名を連ねていたに違いない。

しかしあの一連の金に関する騒動の中で、他の政治家たちには持ちかけ、この私だけには持ちかけることがなかったという事実の重さは、彼の私に対する、繰り返すのも面映《おもは》ゆいが「敬愛」という友情が紛れもない本物だった証しに他なるまい。

人生は他者との出会いによって形づくられていくが、出会いの功罪は多々ありはする。しかしすれ違いも人生の深い味わいに違いない。それにしても江副氏と私の、目には見えぬ関わりはその最たるものであり、江副氏との一方的な関わりは私にとってはいくら惜しんでも余りあるものがある。

私に対して秘めたる友情を持ち続けてくれたあの天才と、せめて一夜でも酒を酌み交わして話し合ってみたかったものだ。

# 男の面子に関わる会話

私は議員時代に縁あってキックボクシング協会のコミッショナーをしていたことがある。その頃、キックボクシングは大流行で協会が二つあった。私のほうはＮＴＶ系、もう一つはＴＢＳ系で試合が放送され、ＴＢＳ系のほうが視聴率が高かった。その訳は向こうには沢村忠というフェイクのチャンピオンがいて、彼の真空飛び膝蹴りはまさに無敵の必殺技で大人気だった。

そこでＮＴＶ側は、それを真似《まね》てフェイクのチャンピオンをつくり出し、それで人気を稼ぐ算段に出ようとした。その候補に元ボクシングＷＢＡ世界フェザー級チャンピオンの西城正三選手を祭り上げ、向こうの沢村に対抗しようと企て、私に持ちかけてきた。私は反対だった。

　だいたい人気の沢村の真空飛び膝蹴りなるものはインチキで、試合の模様をスロービデオで映してみると、相手の顔に命中してもいないのに約束事で相手が倒れるという仕組みだった。しかしそれでも一般の観客は周りの雰囲気に呑まれての拍手喝采で、他愛のないものだった。

　局の申し出に私は反発して、それなら私はコミッショナーを辞退するか、その前の記者会見でその訳を打ち明けてみせるからとＮＴＶを脅し、彼等の企てを潰してしまった。その理由は、私の側の協会には藤原敏男選手のようにすでに本場タイ国のムエタイで現地のチャンピオンを倒してナンバーワンになりおおせた選手がいるのに、ことさらよそからカテゴリーの違う選手を連れてきてフェイクの名選手をつくる必要などありはしないし、それでは藤原を含めて地道に正統のキックボクシングに励んでいる選手たちに申し訳が立ちはしまいに。

　ということで、人気稼ぎのためのテレビ局の企みはご破算になったが、その噂《うわさ》が何故か外に漏れてしまい、フェイクのチャンピオン候補だった西城選手の耳にも入ってしまったそうだ。それを聞いて西城もいっぱしの男だし、何と言っても国際式ボクシングでナンバーワンになりおおせた選手としての沽券から、「ならば自分はキックボクシングで相手を倒してキックのチャンピオンになってみせる」と名乗り出たものだった。

　その噂はたちまち関係者の間に広がり、ある日、藤原選手が私の事務所にやってきて、キックの全選手を代表して私の措置に感謝してくれ、「自分は西城戦に備えて徹底したトレーニングをして必ず勝ってみせますから」と言い残して帰っていった。後で聞いたら、彼は試合に備えて埼玉県のどこかから東京のジムまで百キロの距離を走って来たりしたそうな。

さて試合の当日、藤原は赤のコーナーからその下の席にいた私に腰をかがめると口早に、

「見ててください。今日は足なんぞ使わずに腕だけであいつを倒してみせますから」

言ってリングに上がっていったものだった。

そして言ったとおり、彼は最初から一切足蹴りは出さずに国際式ボクシングに倣って腕だけで相手と打ち合っていた。しかし、とは言え相手もチャンピオンにまでなりおおせた選手だから藤原の繰り出すパンチはそう簡単にはヒットしない。

そんなことで第二ラウンドを終えてコーナーに戻った藤原に、私は立ち上がり周りには聞こえぬように、

「いいか、構わないから今度は足を使え。それが皆のためだぞ」

囁《ささや》いてやった。そして何を理解したのか彼ははっきりと頷いてみせた。

第三ラウンドの初《しょ》っ端《ぱな》、彼の足蹴りは相手の足に炸裂《さくれつ》し、その一発で西城は転倒してしまい、立ち上がったものの次の足蹴りがヒットしてまたダウン、それを見てセコンドを務めていた西城の兄がすかさずタオルを投げ込み、呆気《あっけ》ないKOとなった。

私はゴルフ場で付いてくれるキャディに出身地について尋ねる癖があって、ある時あるキャディに聞いたら彼女が、

「私の父はあなたをよく知っていて、いつも褒めていました」

突然言われて訳を質したら、彼女の父親なる者はかつてキックボクシングの選手だったそうで、例の藤原と西城の一戦の仕組みについて、恐らく同僚の藤原から聞かされていたに違いない。

そう思うと、あの時リングサイドで彼と交わした会話の重さの余韻が胸に響いてくる。あれは男同士の、互いの胸に残る心地好い短い会話だった。

# 男の美徳

以前、亡き三島由紀夫氏と男の最高の美徳とは何かについて対談したことがある。口を切る前に彼が互いに紙に書いて入れ札しようと言い出し、言われるまま互いに書いて見せ合ったら、期せずして全く同じ「自己犠牲」だった。

確かに歴史を振り返ってみれば、仕えている主君や国のために潔く身を賭して死んだ侍の逸話には事欠かない。三島氏も市ヶ谷で自衛隊にクーデターを促した後、腹を切って死んだが、あれを国家のための自己犠牲と思う者は一人もいないだろうが。

自己犠牲に関しての私にとって印象的な逸話は、戦前の上海事変当時、蔣介石の兵隊たちが在留日本人を捕らえて殺害のために河原に引き立てた時のものだ。事に気付いた日本軍が同胞を救うために出動したが、支那兵たちが深い草むらに身を隠して鉄砲で威嚇し、近づけない。その時、囚《とら》われていた中の一人の男が突然立ち上がり、「日本人はここにおるぞ」と叫び、当の男はたちまち射殺されたが、彼のお陰で多くの仲間たちは日本兵によって救済されたものだった。しかし、その身を賭して立ち上がり叫んで同胞を救った男の名前は知られてはいない。

自己犠牲と言えば簡単だが、命に懸けてのこととなれば、思いついてもそう簡単なものではありはしない。

そこで私が思い起こすのはかつての戦争の末期、爆弾を抱えての敵艦への体当たりの特攻突撃の皮切りを行った海軍随一のパイロットだった関行男大尉のことだ。

思案の末に特攻命令を決断した上層部は、後に当事者たちの士気にも関わることだから失敗は許されずと、軍にとっても至宝の関に白羽の矢を立てた。

ある夜、参謀本部に彼を呼び出し、行き詰まった戦況を伝え、特攻自爆を依頼したら、彼が、

「いや、私なら体当たりせずとも五百キロ爆弾を必ず敵艦に命中させてみせますよ」

と言い切ったが、

「それはよくわかっている。だからこそ貴様にこの仕事を頼むのだ。貴様の後に続く者たちに勇気を与えるためにも、最初のこの仕事は絶対に失敗は許されぬのだ」

「ならば、これから体当たり攻撃を続けるつもりなのですか」

「そうなのだ。貴様たちの育ての親の大西（瀧治郎）中将も決心されたのだ」

そう聞かされて関はうつむいて少しの間、頭をかきむしっていたが、やがて顔を上げてにやりと笑うと、

「わかりました。やります。その代わりここで遺書を書かせてください」

言って彼等の前で簡単な遺書をしたため、

「これをお預けします。その代わり絶対に戻したりしないでくださいよ」

脅すように言って遺書を突き出した。

そして立ち上がり敬礼して、部屋を出かかる彼に参謀の一人がふと気付いて、

「おい関、貴様はまだチョンガーだったよな」

念のために声をかけたら、彼が振り返りにやっと笑うと、

「いやあ、この前の休暇の時、内地の田舎でカミサンをもらいました」

それを聞いた時、参謀たちは床が抜け落ちそうなほど驚いたそうな。

こうして関はフィリピンの基地から出撃し、豪語していたとおり敵の航空母艦に体当たりして、これを大破させたのだった。そして彼に続いて、およそ二千五百人ほどの若者が身を賭して散っていったのだった。

特攻を発案命令した彼等の育ての親の大西中将は、敗戦の翌日、自分が命じて殺した若者たちへの償いに割腹自殺をはかり、副官に強く命じて止《とど》めの介錯《かいしゃく》を禁じた後、かっさばいた腹から溢《あふ》れ出るはらわたと血にまみれ、延べ八時間ものたうち、苦しみ続けて絶命していった。

その事実はそれを見届けた副官の口から周囲に流布され、誰しもが大西の男としての壮絶な責任の取り方を賞賛し、自分の息子たちを若くして特攻で失った遺族たちも彼を恨むことなどありはしなかった。

ちなみに大西中将の墓は私の弟の菩提寺《ぼだいじ》、曹洞宗の大本山、横浜の總持寺にある。弟の墓参をする度、私は広い境内の少し離れた逆の側にある大西中将のお墓にもお参りすることにしているが、驚くことにいつ行っても彼のお墓には多くの花が絶えたことがない。

あれこそはあの関大尉に始まった特攻の、自己犠牲という男の最高の美徳を称《たた》える人々の心のこもった贈物に違いない。と思ってみれば、我欲の横行するこの現代、男の美徳を発揮してみせる男のいかに稀有なることだろうか。

思い返してみれば、何年か前にメジャーリーグでの数十億円の契約を振りきり古巣の広島カープに舞い戻り、代わりに後輩の逸材前田健太を送り出し、広島の久しぶりの優勝に貢献した黒田博樹投手の男気は心に染みるものだったが。

# 臆病の勇気

怖いもの知らずという言葉があるが、どんなにタフな男でも怖いものは怖い。私が幼い頃から手慣れてきたヨットの世界でも、相手は海だからいつ何が起こるかわかりはしない。それを承知で誰しも海に魅《ひ》かれて板子一枚下は地獄かもしれぬ海に出かけて行くのだが、昔は今と違って天気の予報は大まかなものだった。それでも海は海の魅力で私たちを引きつけて放しはしなかった。

海で発生して突然襲いかかる局地的な寒冷前線のことを漁師たちは「カンダチ」、つまり神様が立ち上がってつくるものと呼ぶが、まさに適言で、あの寒さを伴って襲いかかる自然現象は神様の悪戯としか言いようもない。だからカンダチなる突風に出合って船を弄《もてあそ》ばれたことのないような奴は一人前のヨットマンとは言えはしまい。

そんな時にあの悪意に満ちた突風にどう立ち向かうかによって、その男の度量が測られ、仲間の連帯も培われていくものだ。

一九六三年のトランスパックヨットレースの十日目だったろうか、追っ手の貿易風を受けて順調に走り続けていた最中、満帆に風をはらんで走り続けていた船のスピンネーカーのトップのワイアが風の圧力で伸びて少し下にずれているのに舵を引いていた私が気付いた。仲間に促したが、丁度夕食の最中で、まあ大丈夫だろうと高をくっていたら、あっという間にマストヘッドのワイアが切れてスピンネーカーが落下してしまった。

さあ誰がマストに這い上がって危険な修理の作業をするかという段にな

ったが、最年少の石川は前日裸足《はだし》での作業中ボルトを踏んで怪我をして登れない。そんな中で日本では『マヤ』という船のオーナースキッパーの市川が自ら名乗り出てくれて、小さなボースンチェアに座って見上げる仲間が息を殺して見守る中、高さ十五メートルのマストヘッドにたどり着き、見事に修理を終え、事なきを得たものだった。命がけの作業を終えて無事に帰還した彼を全員が歓呼して迎え、船はなんとかゴールのホノルルを目指して走り続けることが出来たものだった。

命がけの作業から戻った彼が皆に嘯《うそぶ》くことに、あのマストの高みから眺めた太平洋はデッキから眺めるのとは格段に違っての絶景だったそうな。

「コックピットにいた連中には辺りはもう夕暮れて見えたろうが、俺のいた十五メートル上空のマストから眺めた太平洋はまだはるか彼方は夕映えで明るくてな、なんとも言えぬ絶景だったぜ」

胸を張ってみせる彼を、下界で眺めながら息を殺していただけの我々としては、ただ頷いて拍手する他に何も出来はしなかった。その彼の正しく命がけの冒険の論功に応えて、ホノルルに着いて飢えている皆のために現地の悪友がハオレとロッコの混血のかなり見栄えするプロの女を用意してくれてい、皆が代わる代わる堪能する順番にはあの命がけのマスト登りをした彼が優先権を与えられたものだった。

いつかその逆の事例を目にして逆に感心させられたこともある。

かつて行われていた下田起点の黒潮南進レースに出るため下田に向かう途中、大島のハブの港に一泊したら次の日強い西風が吹き出し、とても下田には向かえずに吹き戻され、やむなく伊東に入ろうとした。

しかし、ここでも天城下ろしの強烈な西風で港にたどり着けず、する内にジブ（前帆）のブロックが外れて飛びそうになると船は走りに走りきれず、たまたま私の横にいた井野というクルーに「手のすいているお前が這っていってジブを押さえろ」と命令したら、彼が「嫌です。俺には怖くて出来ません。もう諦めて帰りましょうよ」と真顔で答えた。こちらも呆《あき》れて、「馬鹿野郎、お前それでもヨット乗りかあっ、行けよっ」、腰を蹴飛ばして怒鳴ってもコンパスにしがみついて離れない。

する内、バウワークから手がすいて戻ってきたベテランの石川が彼の代わりにデッキを這っていってトライしたが、どうにもならない。船は風に弄ばれるまま横流れし、近くの大暗礁犬走島に乗り上げそうになり、その時天の恵みか、港に帰る漁船が近づき、その船に救急の曳航《えいこう》を頼み、なんとか港に入ることが出来たものだった。

船を舫《もや》い一息ついた後、私は改めて私の命令に背いて「怖くて出来ませんと反抗して動かなかった男の顔をしげしげ見直してみた。日頃何かにつけて格好をつけたがる男だったが、それにしてもあの死ぬか生きるかの急場の中で「俺には怖くて出来ません」と男のくせに臆病をさらけ出すことが出来たのも、ある種の勇気の問題かとつくづく思った。

しかし以来、私が彼を二度と自分の船に乗せることはなくなったのは自明のことだろうが。まあ、男にもいろいろな奴がいるのは確かなことだが、それにしてもだ。

# 遊びの神髄

騒がしくない遊びなど面白くもありはしまいが、遊び好きの私が今まで体験した最高の大騒ぎは何と言ってもリオのカーニバルでの一番贅沢な行事、リオ市長主催の市立劇場での舞踏会だ。

これは滅多に参加は出来来ぬ、入場料が一九六〇年当時ですでに一万円もするもので、それも厳しい条件がついている。男も女も礼装、さもなくば凝った仮装でということだ。仮装もなまじなものでは入口に並ぶ審査員たちと、近くに詰めかけた野次馬たちのブーイングで追い返されてしまう。

私はスクーターのキャラバンの途中だったからタキシードなんぞ持ち合

わせもなく、知り合いの外交官の奥さんの着古しの赤いお召しの着物を着込み、紙の鬘《かつら》を被って出かけたものだった。それでも本物の日本女と見込まれ、入口の前で着物をまくって脛《すね》を見せ、見物人たちに「俺は男だぞ」と見得を切ってみせたら大喝采で、新聞に写真まで載せられた。

舞踏会が始まったら、これはもはや手の付けられぬ乱痴気騒ぎで、やってきていたアメリカの超グラマー女優のジェーン・マンスフィールドが取り囲んだ男どもに身ぐるみはがされ、超ボインのオッパイをさらけ出され、逃げ帰った彼女はホテルで着替えて出直し、中二階の誰も近寄れぬ個室のテラスの縁に腰掛け、騒ぎを眺めおろしていた。

会場は乱れに乱れて誰かが舞台の袖に巻き込まれている引き幕を強引に開いて中をさらけ出したら、中にくるまって立ったままセックスをしていた裸のカップルが飛び出してきたものだ。

その内、私は隣の席のイランの年配の外交官と仲よくなり、年配のその男がもてあましている若い女房と懇《ねんご》ろとなり、くたびれてテーブルの下に座り込みアイスクリームを嘗《な》めている亭主に代わってサンバの相手を務め、年寄りの亭主に飽きたらぬ様子のかなり見栄えのいい彼女と次の日のデイトの約束を交わしたりしたものだ。そして彼女は約束どおり、次の日の午後三時に私の部屋にやってきたものだが。


出来事は舞踏会の後に起こった。

夜が明け、ホテルに帰るべく止めていた車に乗って出ようとしたら、何と私の車の前の芝の上で誰かが抱き合っていちゃついている。クラクションを鳴らして注意したら、男が起き上がり、

「俺たちは折角楽しんでいるのだから、お前がバックして出ていけ」

と怒鳴り返してきたのには恐れ入った。

さらに事はその後ホテルに戻る途中のコパカバーナの海岸で起こった。

私の前を走っていたシボレーのインパラのコンバーチブルが突然止まり、降り立った明らかにあの狂った舞踏会帰りのイブニングドレスの女がつかつかと海に向かって歩き出し、履いていたハイヒールを車に向かって投げ込むと、何とそのまま海に入っていき、酔い醒《ざ》ましに泳ぎ出した。そしたら連れの男もまた着ていたタキシードのまま、彼女を追って海に飛び込み、泳ぎ出したものだった。

私はハンドルを握ったまま唸《うな》り声を洩《も》らしながら、贅沢な礼装のまま冷たいコパカバーナの海の水を浴びてはしゃいでいる二人に眺め入っていた。

「これが本当の遊びだ、これが遊びの神髄だ」

自分にそう言い聞かせながら何か美しい夢を見ているような気分で、その二人に見入っていた。

日本に帰ってからもあの時目にしたものの印象は鮮烈で、よしそれならばこの俺とてもと思い立ち、ある時気の合った女友達に洒落たドレスを贈り、それを着込んだ彼女と当時日本では一番豪華な横浜のナイトクラブに私もタキシードを着込んで出かけたものだった。

そんな二人を迎えて見知りのクラブの、横浜の夜の世界では知らぬ者のいない大ベテラン支配人の名物男のジョージ浜中が、何を察してかウインクし慇懃《いんぎん》に二人を迎え、最上の席まで案内してくれたものだったが。

しかし私がもう一度見ようとしていた夢は、その後簡単に破れてしまった。

しばらくして私たちの近くの席に一見してその筋の者とわかる下品な男たちが二人、それぞれかなり客ずれした強かな商売女と座り込んだ。

そしてよく見たら男たちの内の一人が何のためにか、帽子ならぬナイトキャップを被っているのには驚かされた。そんな相手をしげしげ眺め直し、

「ああ、俺はやはりこの国に戻ってきたのだなあ」

と思いながら、何故あの時自分も車から降りて昼間でも寒流のせいで冷たいリオの海で借りた着物のまま、あの二人と一緒に泳がなかったのか、ひどく後悔していた。

# 果たし合い

昔読んだ江戸時代の古文書に、武士がある日その妻に、俺は今夜果たし合いをしなくてはならぬから力をつけるために何か魚を食わしてくれ、と頼んだとあった。果たし合いの訳は知らぬが、今なら魚ではなしに分厚いステーキにしろということだろうが。

果たし合い、すなわち命を懸けての決闘というのは男の世界だけの所作であって、女の世界にはあり得まい。

物事の決着をつけるには、決闘という手段が何よりも手っ取り早くて好ましい。日本の侍の世界に限らず、ヨーロッパでも決闘は二十世紀の初頭までよく見られた男の世界の行事で、特にドイツなどでは現代においても学生の間でよく行われているそうな。

名画『凱旋門《がいせんもん》』の中でも、パリに現れたゲシュタポのハーケが復讐《ふくしゅう》のために近づいた亡命者のラヴィックの、かつて自分が拷問でつくって与えた顔の傷を見て、ドイツ伝統の学生同士の決闘のものと勘違いしてラヴィックに心を許し、最後にはブローニュの森で殺されてしまうが。

代数方程式についての理論を考え出した天才的数学者のガロアも、何かの理由で決闘に臨み、若くして死んでしまったそうな。

私も一度、ある相手に決闘を申し込んだことがある。

その相手は当時直木賞をもらって作家の仲間入りをした山口瞳なる男で、彼は以前ある雑誌の編集部にいて、私のもとに原稿をとりにきたりしていたが、そんな過去が私へのコンプレックスになっていたのか、ある時あるコラムに「私は『何々の季節』などという題名の小説を書くような作家は信用しない」などと書いたものだから癪《しゃく》にさわって、作家になりたての彼が恒例の文士劇に出ると聞き、私も出ることになっていたので、「その折にこの私がなんで信用ならぬのか、とくとお聞かせ願いたい」と、わざと決闘の仕来りに倣って左封じの手紙を差し出しておいた。

だいたいこの男は小意地の悪い奴で転職の後、ある企業の企画室で一緒になった山川方夫が隠していた持病の癲癇《てんかん》のことをわざわざ言いふらしたりしたのを知っていたから、私も知己のあった地味だが優れた作家だった山川の仇《かたき》をとってやろうと手ぐすね引いて待っていたものだった。私の取り巻きの一人に、文士劇の当日、山口を劇場の屋上に呼び出し、叩《たた》きのめしてやるつもりだと明かしてもいた。

そして文士劇の当日、その取り巻きが屋上の無人の様子をわざわざ楽屋に報告に来た時、山口が奥さんと彼の妹の何とかという名の知れた舞踊家を連れて私の楽屋に詫《わ》びを入れに来てしまったものだった。三人して畳に両手をついて頭を下げられるとどうしようもなく、私の生まれて初めての決闘は未遂に終わってしまった。

世の中のさまざまな出来事の中で、何より男同士の果たし合いほど面白いものはない。

世の耳目を集めた柔道の名手木村政彦七段とプロレスの力道山との対決などは日本中の関心事だったが、あれは後でその道の識者から聞いたら、どちらかが試合の段取りの協定を破り、事態が突発して呆気ない結果になってしまったそうな。

ああした約束事の多い試合は見るほうもあらかじめ眉に唾つけてかからぬと期待外れが多いものだが、それを逆に証すシーンを一度見たことがある。

日本の人気のプロレスラーとハルク・ホーガンというアメリカの有名なレスラーの試合で、日本の選手が打ち所が悪かったのか脳震盪《のうしんとう》で呆気なくカウントアウトされてしまった。その後、レフリーに片手を掲げてもらいながらホーガンが笑いもせずに妙に不安そうな顔で周りをきょろきょろ見て、そそくさと退場してしまったものだった。あれは仕組まれたシナリオを外してしまったことへの不安であって、多分アメリカ辺りでなら約束を破った者への懲罰に銃弾が飛んできかねないということか。

それに比べると仕組まれない果たし合い、というか真実の激突は男の世界ならではの見物の魅力を湛《たた》えている。世に言う名勝負なるものはやはり男の世界ならではのものだろう。

本物のスポーツの世界にはそれがあり得る。

だいぶ以前の話だが、長嶋茂雄が鳴り物入りでジャイアンツに入った時、国鉄スワローズとの初戦で迎えうったスワローズの主戦投手の金田正一は長嶋ファンは切歯扼腕《せっしやくわん》したが、通のファンは「いいのだ、これでいいのだ。大学のリーグと違ってプロはプロなんだ」と納得していたもので、後の試合で長嶋は大投手から遺恨のホームランを打ってみせたものだった。これまた痛快な本物の果たし合いと言えたろう。

昔の例で言えば宮本武蔵と佐々木小次郎の巖流島での決闘はさまざまな因縁が絡んでいて面白い。佐々木の持ち前の人一倍長い刀に備えて、武蔵は島に向かう船の中で船頭から櫂《かい》を借り、それを削った長い木刀で相手を殴り倒してしまった。

当節、男と男が一対一で正面きって殺し合いまでとはいかなくとも肉体を懸けてぶつかり合うという良い劇が、スポーツの世界でしか見られなくなったのは人生の野次馬としては物足りない。

それも何事も指を立てて、「ピース、ピース」と言うことでか。

# 無類な旅

人生の中での宝物は恋愛とかいろいろあろうが、その一つは良き友とした旅の思い出だろう。それも恋人なんぞとよりも、気の合った男同士のほうが心に染みて良き思い出になりやすい。

私は幸いそうした旅を何度かすることが出来たが、今でも思い出し、心地好い懐旧に浸ることが出来る。

その初めの一つは、学生の頃の春休みに、寮で一緒だった親友二人と寮の仲間の実家を渡り歩いての無銭旅行で、倹約の建前からまず関西までの列車は各駅停車の鈍行で、その後の旅程もすべてそれで通した。

初めて訪れた広島はまだ復興が叶《かな》わず荒れ果てた無惨な姿で、夜は泊まる当ての寮友の家もなく安宿を探したが、どれも売春婦が客を連れ込む怪しげなものばかりで、仲間の一人が「俺は将来結婚するかもしれぬ意中の女のためにも、こんな怪しげなところに泊まるわけにはいかない」などと言い出し、もう一人の男も共感して、「それなら俺も彼と抱き合って駅のベンチで寝る」などと言い出し、呆れた私はこの春先にそんなことをして風邪でも引いたらかなわぬと、暗い町中を探し回ってその頃まだあった行商人の泊まる安宿を探しあて、垢《あか》だらけの布団に三人抱き合って眠ることが出来た。

その後、寮の先輩の紹介で泊まった、ある会社の雲仙の寮で行き会った美人の女子大生に一人が惚れてしまい、私たちに隠れて文通しはじめ求愛したものの、敢えなくふられて自殺しかけた始末だったが、それにしても途中の、ある区間は便所に三人身を隠し車掌の検札を逃れての無銭旅も織り混ぜて、なんとも愉快な思い出だった。

その次の夢の旅は、世の中に出たての頃、富士重工のスポンサーでスクーター四台と中型トラックでの中南米の長旅だったが、当時伸びざかりの日本企業のバックアップで、無料で提供されたナイロンのスカーフやその他現地にはない製品が行く先々で大評判となりセニョリータたちにも大もてで、美人と美酒のチリを満喫して縦断し、さらにはパンパを一日平均二百キロというハイペースで踏破したものだった。

さらにその次の思い出の旅は、親友の伊藤政男がシチズンのヨーロッパ支配人をしている頃、彼を訪ねて二人してドイツの北部からロマンティッシェ・シュトラーセを通り、ヒットラーの造った速度制限のないアウトバーンをフランスとの国境まで走った旅、途中のローテンブルクでは日本の学生と見間違えられ、料金はすべてただなどという恩恵にあずかり、思いがけず学生気分に浸れたという寸劇まであった。

その次の私にとって忘れがたい旅は、読売新聞に頼まれて出かけたベトナム戦争でのクリスマス停戦取材の旅で、私の好奇心はそれだけにとどまらず、さらに足を延ばし最前線のベトコンへの待ち伏せ作戦にまで同伴し、雨の中深夜に恐怖の体験をしたものだが、その折の緊張と恐怖の添え物で戦争で流行る肝炎にかかってしまい、帰国後発病し、生まれて初めて半年の静養を強いられたものだった。

そしてその間、ベトナムでの体験を顧みて自分の祖国への危機感に駆られ、揚げ句にそれを克服するためにもと政治にコミットする決心をするに至ったのだった。

あの人生の転機もまた、私の得がたい旅の所産と言えるに違いない。

思えば私の人生はさまざまな旅に彩られてきたと言えそうだが、振り返りその中から選べば、私の人生の中で一番甘美な旅は憧れの太平洋を初めて渡ったトランスパックレースの思い出に他なるまい。

あの思い出についてはさまざま書き記してきたが、私の人生の光背としての海を満喫させてくれたあの旅は、無数の処女体験に彩られて他の旅を超越した思い出の宝庫だった。

はるか北のアラスカの海で起こった嵐が立てた大波が赤道近くまで下って押し寄せ、貿易風のつくる波とぶつかり合って突然に立てるその三角波が、安逸に過ごしているコックピットに座っていると突然被さってくるあの驚き。どこから飛んできたのか船に添って何日も飛び続け、投げて与えるクラッカーを巧みにくわえて飛び去り、また姿を現す大きな軍艦鳥。南の空に現れ、一つながら赤と緑交互に輝いてみせる不思議な星。何日かぶりにやってきて、シャワーを期待してもろ肌脱いで待つ私たちをすかして通り過ぎるスコールが、船の周りにつくり出す数多くの虹の森の景観。そして潮風に煙るモロカイの海峡に、満月の夜におぼろげにかかる、夜空にそびえる巨《おお》きな虹の門。

私はいつか何かの作品で禅問答の考案に、「昼にかかる虹の色は七つだが、しからば夜の空にかかる虹の色は何色か」などと書いたことがあったが、太平洋の旅は期せずしてそれを証してくれたものだった。

旅はいい。旅は、時の流れに乗せて男が男になるために、そして女が女になるために、思いがけぬいろいろなものを備えて与えてくれるものだ。

# 男の自負

かつて読売ジャイアンツをものともせず日本シリーズで連覇し、全盛期を誇った西鉄ライオンズの守護神・稲尾和久は、ファンから「神様、仏様、稲尾様」とも言われた大投手で、疲労困憊《こんぱい》しながらも年間四十勝以上をあげ比類なき存在だったが、ある時のインタビューで「一軍に登録され初めて一勝をあげた時、『ああこれで俺も男になった』と実感した」と言っていたのが大層印象的だった。

男が男である限り女とは違う生き方をたどるのは当たり前のことだろうが、その人生の中で「これで俺は男になった、男になれた」と自認するきっかけはどういうものだろうか。

この現代では、それは稀有なることのような気がするが。女の場合は、自分の女という性を強く感じ取れるのは多分初めての子供を産んだ時に違いない。それに比べて男が己の男という性を自覚する瞬間というのは、この現代になるとむずかしいことのような気がしてならない。ということは、今の世の中では大方の男たちは骨抜きにされてしまっているということか。

男が男としての自負を抱くことが少ないというのは、国家そのものの衰弱を意味しているような気がするが。男の男としての自負の所以《ゆえん》とは、重い責任の履行の上にこそ成り立つのではなかろうか。

稲尾に並んでこれも不世出の大投手だった金田正一は、私の山中湖の別荘の隣人で夏休みはよく一緒にゴルフをしたものだが、プレイの最中に彼はよく腕を振り回したり足を蹴り上げたりしていたもので、それを眺めている私に、「この腕や、この腕で俺は日本のプロ野球に何十億も稼がせてやったんや」と豪語していたものだった。そしてその自負は言葉のとおりだったとも思う。

いつか彼がまだ国鉄スワローズに在籍していた頃、神宮球場の近くの浅利慶太のアパートで彼の劇団の役者たちと酒を飲んだ後、この球場に野球を見に行ったものだが、スワローズの腑甲斐《ふがい》ない戦いぶりに腹が立ち、ベンチ近くの席からぼろくそにやじっていた時、仲間の一人が口汚く「お前らそれでもプロか。これがプロの試合かよ。金を返せ。インチキプロめらが」、叫んだら、さすがに連中も腹を立て、選手ら何人かが顔色を変えて私たちを指さし、何かを言い返してきたものだった。

そうしたらベンチのいきり立つ雰囲気を察し、金田が叫び返している仲間をなだめ治めるためにベンチから出てきた。それを見て私が大声で「金田、本物のプロはお前だけだ」と叫んだら、彼がにやっと笑って片手をあげて応え、そのままさっさとベンチに引っ込んでしまった。

あれは投手のくせに代打を買って出てホームランを打ってみせるような不世出の男の自負と自覚を表出した一瞬の名場面だった。私たちもそれだけで満足し、不毛の球場を後にしたものだった。

男の自負の表出とは、彼が男として抱えている情熱の所産に他なるまい。恋愛にしろ仕事の上の野心にしろ、情熱を抱かぬ人生なんぞその名に値もしない。「男が男になる」所以とは情熱の成就以外にありはしまい。何らかの野心にしろ、たとえ片思いの恋愛にしろ、その成功不成功は別にして情熱に駆られて闇雲に突進したことのない男の人生なんぞ振り返ってみれば味気ないものだろう。

野心や使命感の上での情熱の行使がたとえ挫折に終わったとしても、それは男の自負に添えられた人生の勲章に他なるまいに。

私は最近それを体現した同窓の友人に出会って、その感慨を新たにすることが出来た。同窓の親しい友人たちと懐かしい寮歌を歌う集まりに出てみたが、互いに八十を超した今は誰もが精気を失ってしょぼくれて、過ぎていった時間の重さを痛感させられたもので、中に一人、石和田という男が矍鑠《かくしゃく》として言動に張りがあり、さすがと思わせられた。

というのは、彼のまさにキャプテン・オブ・インダストリーとしての活躍とその大きな挫折の過去を私は知っており、それにもめげずに人生を貫き通してきた男の矜持《きょうじ》が今でもその居住まいの中に強く感じられたものだ。

彼はかつて一流の商社のエリートとして選ばれ、日本とイラン政府の合弁の大プロジェクト、イラン中部のイスファハンでの新油田開発の責任者として現地で十年にわたって勤めてきたが、イランの国内での政変、革命、イラクとの戦争のせいでプロジェクトは挫折、帰国を強いられた。企業というものは酷薄なもので、彼の労苦に何ら報いることもなく、彼は会社の中で冷遇されて終わったものだった。

はるか数十年前の労苦についてねぎらった私に、彼は淡々と「それでもあのプロジェクトは年を経て立ち直り成功して、自分が手塩にかけた現地の若者たちは立派な技術者になり、活躍しているよ」と満足そうに語っていたものだった。

そして私はそんな彼の姿に男としての自負の美しさと逞《たくま》しさを見て、心を打たれた。

その時、私が思い出したのは、若い頃目にして私の人生の座右の銘にしてきたジイドの情熱の書『地の糧』の一節だった。

「ナタナエルよ、君に情熱を教えよう。行為の善悪を判断せずに行動しなくてはならぬ。善か悪かを懸念せずに愛すること。私は心中で望んでいたものをことごとくこの世で表現した上で満足して、あるいは全く絶望しきって死にたいものだ」

男として生まれたなら、自負を抱きながら痛烈な人生を送りたいものだが。

# 男の遊び場

男ならではの遊び場と言えば昔は遊郭。あるいは芸者や太鼓持ちを座敷に上げて遊ぶ料亭といったところだったが、今ではだいぶ様変わりして銀座界隈《かいわい》のクラブということらしい。ただ座るだけで何万という金を取られ、たいして才覚もないホステスなる女たちに囲まれて、同じ酒でもホテルの気が置けるバーでのさらに数倍の金を取られて何が楽しいのかさっぱりわからない。それでも毎晩同じクラブに出かけないと気のすまぬ男が多いのは全く気の知れぬ話だ。

どこかの会社の御曹司が一万円札を二つに折ってコースター代わりに敷

いて、その上に載せたシャンパングラスにいっぱいに注いだ酒を一息に飲んだホステスに、そのコースターをくれてやるという馬鹿な遊びをして話題になっていたが、こういう手合いは無趣味の無教養の馬鹿金持ちとしか言いようがない。

そもそも良い酒を飲みたいなら、良いバーテンダーのいるバーに行って良いカクテルを飲めばいいので、クラブに行ってうまい酒が飲めるわけもない。土台、銀座くんだりのクラブ風情に腕の立つバーテンダーがいるわけもなし、本物の胸にじんとくるドライマティーニなんぞ、あんながさつな場所で飲めるわけもない。

文壇なる一種のサロンが盛んだった頃には、文士や文壇関係者が毎夜集まる『エスポワール』だとか『おそめ』といった小さなクラブがあった。

ある時、エスポワールの二階に座っていたら、鞄《かばん》を抱えた初老の客がどかどかと入ってきてカウンターに鞄をどかんと置いて、ウイスキーをワンショットぐいっと呷ると周りを見渡し、胸を反らして突然、「くだらん。実にくだらん」と辺りに聞こえるような声でつぶやいていたものだった。

それがひどく印象的だったので隣にいた店のホステスに質したら、どこかの大学の先生で実は店の常連だそうな。その先生が何故に毎晩のように現れながら「実にくだらん」と慨嘆するのかは、質したい気もしたが、わからないようでわかるのでやめておいた。

あの一万円札をコースターにして馬鹿金をばらまくどこかの御曹司にしても、その先生にしても、要するにわかっちゃいるけどやめられないということなのか。つまり無趣味な野暮天の吹き溜《だ》まりということか。

しかしあの頃の洒落た男の遊び場と言えばナイトクラブで、まだゴシップあさりの卑しい週刊誌などなかったから、誰が誰と一緒に来てチークダンスをしていようが、全く問題にもならなかった。『マヌエラ』『日比谷イン』『銀馬車』『キャロット』、それに何と言っても先駆けの横浜の『ブルースカイ』『レッドシューズ』といった店が限られたお客たちのためにあって、それぞれに後に一流となった芸人たちが出ていたものだ。フランク永井、松尾和子、レイモンド・コンデ、スマイリー小原のバンドや吉谷淳のクールノーツ等々。

そうした店々でのナイトライフには小説のためにもってこいの、さまざまな挿話が垣間見られたものだ。

ある時、親しい女友達と二人で九段のあまり人気のないナイトクラブでデイトしていたら、すぐ脇のテーブルにさっきから一人で誰かを待ちながらグラスを傾けていた女が、気がついたらテーブルに突っ伏して慟哭《どうこく》していた。思わず声をかけようとしたら、連れの彼女が手で制して止めてくれた。

あれはまさに越路吹雪のシャンソン『メランコリー』の文句、「恋人も明日も　いらぬ　なんにも　いらない　酔いしれては　飲み明かそう　気の狂うまでは」そのものの雰囲気で、あれで私に連れがいなかったなら、あの後どうなっていたことだろうかと思われる。

ナイトクラブライフの極意というのは、夜中の一時にお店が終わりになり、ウエイターたちが客の去ってから後の掃除のために椅子をテーブルの上に逆さに置き直してしまった後、見知りのウエイターやバーテンダーを呼び寄せて酒の瓶を一本据えて、彼等ととりとめのない話をして深夜に解散する、あの都会の深夜ならぬ雰囲気の味わいだった。

そんな深酒の後、たどり着いたベッドで一人かそれとも誰かと共にする眠りの感触は、鶴田浩二の歌っていた『赤と黒のブルース』の最後のほうのフレーズ、「月も疲れた　小窓の空に　見るは涯《はて》ない闇ばかり」そのものだったが。

ということへのノスタルジーから、ある時誰かが言い出し、もう一度あの頃の大人のナイトライフを取り戻そうよということで、サントリーの佐治敬三さんと渡辺プロの渡辺晋さんの肝煎りで、六本木の一角に『セブンティセブン』というナイトクラブをテナーサックスの名手の与田輝雄をマスターに据えて開店したものだが、あっという間に潰れてしまった。

その訳は客筋が昔と違って、会社の部長クラスが若い社員を連れてやってき、中の誰かが私を認めて寄ってきて、サインをねだったり、「失礼ですが、お連れの方は奥様でしょうか」などと質したりするからたまったものではない。ということで、昔を懐かしむオールドボーイたちの夢ははかなく消えてしまったものだった。

ならば、このお古い俺たちはどこでどうしたらいいのだと言いたいが、あの一見華やかそうで薄っぺらなガヤガヤした銀座のクラブへ、とでもいうことかね。

こう成り果てた現代では、昔、気の合った仲間だけで新橋の一角につくった各々自分の鍵で扉を開けなければ入れなかったキイクラブがいかにも懐かしい。

# 男の約束

人は人同士の関わりの中のしがらみで、いろいろな約束を交わすものだが、いったいその内どれほどのものが約束どおりに果たされるものだろうか。いざとなれば、さまざまな理由で約束は反故《ほご》にされてしまうものだ。

ギリシャ古典話をもとにした太宰治の小説『走れメロス』のように、暴君の前で立ててみせた親友との約束を果たすために、約束の時間に間に合わせようと血反吐《ちへど》を吐いて昼夜を厭《いと》わず長い道程を走りきって約束を果たしたメロスのような男は、この今の世では希少なものだろう。

恋人同士がまた明日も会おうと誓ってする指切りは他愛なく微笑《ほほえ》ましい

が、大方の約束なるものは積もってもすぐに消える淡雪みたいなものだ。

しかし、男同士の約束はものによっては『走れメロス』のように命がけのものもあり得る。

という自覚のもとに私が主唱し命名までした、当時の絶対金権支配政治に反発して立ち上がった同志の「青嵐会」の発足は、私が言い出し、同志に血判を強いたものだった。

誰も刀なんぞ持ち合わせていないから、短刀の鯉口《こいぐち》を切って中身をのぞかせ指を当てて血をしたたらせての所作の代わりに、何段かに折れてその度新しい刃で指が切れるような文房具の薄い剃刀《かみそり》を用意しておいた。しかしそれだけでも怯《おび》えて、自分で自分の指を薄く切るという所作を恐れて、血判などするのは野蛮で嫌だと脱会した国会議員が四人もいたものだ。

ちゃちな血判の儀式だったが、この現代においては絶大の効果があり三十数人の結束は固まって、以降金権政治の首魁《しゅかい》田中角栄総理が強引に唱えて進めた中国との片務条約は全員徹底して反対したもので、後に聞けば中国の最高実務者の周恩来首相が「日本にはまだ日本人らしい日本人が残っているものだなあ」と感心してくれていたそうな。加えて「誰がつけたかは知らぬが、あの『青嵐』という言葉は中国語の中でも最も美しい言葉だ」と賞賛したらしい。

私が言い出し、仲間を説いて血判まで構えた青嵐会は、志ある政治家としての幾許《いくばく》かの約束は履行出来たと言えるに違いない。

後日、傍からまだ若いあなたがよくまあ青嵐会などという暴挙を組み立てましたなと言われたが、実はその原点はあの『忠臣蔵』にあった。

私にとって『忠臣蔵』は最高の暗黙の約束の履行劇と言える。江戸城の松之廊下で最後に堪忍袋の緒が切れて刃傷《にんじょう》に及び、即刻隔離され、一方的に切腹させられ、遺言も残せずに憤死した主君の無念を思い量って、家老の大石内蔵助以下の四十七人の侍が互いに言葉にはひと言も出さず互いの胸と胸で計り合い、今は亡き主君と言葉も文字もなしに心の絆《きずな》で交わした男同士の仇討《あだう》ちの約束を、身を隠し名前も変え、長年の末に果たし切る。

こんなに痛快で胸に響く劇は滅多にありはしまい。

これは単なる復讐劇ではなく、四十七人の男たちが主君との黙約を果たすために肉親を偽り、恋人までも騙《だま》し、己の夢も捨てて大それた約束を果たしたのである。

あの元禄《げんろく》のふやけた時代に突然現出した、命がけで約束を守り、緩み切った公儀に真正面から人間の誠の矢を放って公儀の額を射抜いた男たちの強烈な約束の履行は、大きな津波のように当時の人々の心を動かし、彼等の男ならではの誠意と勇気にまつわるさまざまな余談まで派生させ、『忠臣蔵』の芝居の本題を支えるいくつもの美しい余話を生み出している。

例えば、浪士の討ち入りを待ち、討ち入りの夜、壁越しに明かりを掲げて彼等を助けた吉良邸宅の『隣の殿様』とか『俵星玄蕃』の物語等々事欠きはしない。

それは皆、見事に果たされた男の約束への共感だった。

# 男の兄弟

私は月に一度、ある雑誌のために盟友の亀井静香と時局について対談していたが、ある時対談を終えた後、私の目の前で彼が他の人と電話で話し始めた。聞いていると誰かの葬式をいつにするかという相談で、聞き捨てならず誰のことかと質したら、彼の兄さんのことだという。過日、重症の脳梗塞で倒れ、数日前に危篤と聞いて見舞いに故郷に帰ったが、人工呼吸器で命を繋いだものの、もう限界で後はいつ装置を外すかの日取りの相談だという。

それから数日して彼から電話があり、今朝がた兄さんは亡くなったという。短い会話だったが、あの剛毅《ごうき》な亀井が涙声だったのに心を打たれた。

彼の兄さんというのは素晴らしい人物で、旭化成の抜きん出たエリート社員で、時の社長は彼こそがやがての社長と嘱望していた存在だったが、弟が宮澤喜一などという下らぬ大物のいる選挙区から強引に立候補し、苦戦の末当選したのを見て、弟を支えるために県議会議長相手に県議に立候補してしまい、会社の社長を落胆させてしまった。

弟思いの兄は高校時代、学校を批判しビラを配り退学させられた弟の行く末を懸念して、兄に続いて東大に入った彼がこのままでは恐らく左翼運動に走るだろうと心配し、その予防のために彼を合気道部に入れてしまった。

その甲斐あってか、彼は左傾せずに警察官僚の道を選び、極左対策のエキスパートとなり、浅間山荘事件の折など犯人逮捕の突撃隊の指揮を執ったりしたものだった。彼がここまでの人材となり得たのは偏《ひとえ》にお兄さんのお陰と言えるだろう。

血の繋がった兄弟というのは、どんなに親しい友達とも本質的に異なる存在だが、特に男の兄弟の関わりはえも言わず濃いものがある。

ヤクザの兄弟仁義なるものが何かはよく知らぬが、どんなに親しくとも女相手ではあり得ぬ心の行き来なるものがやはり男と男の間には歴然として在って、それが女の立ち入れぬ男の世界を構築しているのだ。

考えてみれば、私たち兄弟も肝心な時には別に声をかけなくても進み出て力を貸し合った。私の小説『太陽の季節』を日活から映画化したいというオファーがあった時、その交渉に弟の裕次郎が勝手に同席してきて、新人の原作料は規定で三十万円と決まっていると言う相手に、実は大映からもオファーが来ているとはったりをかまし、四十万円に吊り上げてくれたものだった。

そして私も、弟の念願の自主製作映画『黒部の太陽』が五社協定という悪規定に引っかかり頓挫しかかっていると聞いて、私が顧問をしていた東宝に脅しをかけ、三船敏郎を出演させて事を解決し、製作を実現したものだ。

言ってみればプロレスの気の合った同士のタッグマッチのようなもので、互いに人生を懸けた大事に、場合によれば自分を捨てても兄弟という人生のパートナーのために行動するというのは、男の兄弟ならではのことに違いない。

共産党の美濃部都政を倒す筈の自民党の候補が都知事選寸前に辞退してしまい、参議院の選挙以来無敗で来た私に、かねて要望のあったお鉢が回ってきてしまい、敗北覚悟で都知事戦に出馬した私のために、弟はある日突然当時二億円の金をつくって持ってきて、これを使えと言ったものだが、私は必ず勝つから余計な心配は無用とそれを退けて追い返した。そして

「ああ、こいつはやはり俺の弟だな」としみじみ感じ入ったものだったが。

これが女の兄妹だとそうはいくまい。だから、弟が肝臓癌《がん》の長患いの末とうとう亡くなった時は、親が亡くなった時より身にこたえた。


私が日本の歴史の中で一番好きな兄弟は、陰謀で倒された父親の仇敵《きゅうてき》工藤祐経《すけつね》を討ち果たすために苦労を重ね、源頼朝の催した富士の裾野での巻き狩りの夜、嵐をついて陣営に乱入し念願を果たした曽我兄弟だ。その武勇を愛《め》でた頼朝は生き残った弟の五郎を召し抱えようとしたが、兄の十郎がすでに討ち死にしたと聞いた五郎はその申し出を断り、その場で捕らえられて斬首されてしまう。

世の中は険しく望むことをそう簡単に叶えてはくれぬもの、一人では出来ぬことを他の人の力を借りて叶えるというのが世の常で、血の繫がった兄弟こそが力を合わせて人生を切り開いていくのが人の世の摂理だろう。

しかし最近では、骨肉相食《あいは》むという事例が多いのが現実だが。

あの剛毅な亀井静香が兄さんの訃報を伝えつつ流す涙の声を聞きながら私もまた、遠い以前に亡くなった弟のことを思い出さずにはいられなかったものだった。

# 暗殺された友

フィリピンの上院議員ベニグノ・アキノは、互いに同じ頃の選挙で当選して以来の親友だった。ニノイのニックネームで知られた彼は国家的な人気者だったが、それが独裁者のマルコス大統領に気に入られず、事あるごとに摩擦が絶えなかった。そしてある時、演説中に爆弾を仕掛けてマルコスの暗殺を謀ったという冤罪《えんざい》で投獄され、その間に心臓の発作を起こし、アメリカでの治療を望んだ彼をマルコスは体よく追放し、数年間、彼はアメリカで亡命生活を過ごしていた。

彼を強引に投獄したマルコスが適当な手立てで彼を殺さなかったのには、

ある訳がある。それにはこの私が一枚嚙《か》んでいたのだ。私はかねて彼から興味深い話を聞かされていた。

ある時、アキノが私に「フィリピンの副大統領が誰か知っているか」と質したことがある。そんなことを知る由もないので首を傾《かし》げたら、「それは日本の商社丸紅のヒヤマ社長だよ」という。つまり、丸紅はマルコスに取り入って厖大《ぼうだい》な利益を上げていて、マルコスもそのキックバックでいい思いをしているそうな。

ある日、彼の妻コリーの実家の大農園の見学に小型飛行機で行った帰りに、バターン半島の先端の丘の上にあるマルコスの豪華な別荘の上を飛んだら、警備兵に威嚇射撃されて追い払われた。その時、アキノが「あの別荘はミスターヒヤマからの贈物だよ」と教えてくれたものだった。

それで彼の投獄を聞いて、私は大学の先輩である大丸紅の檜山廣氏に面会を申し込み、将来性のあるアキノを圧力をかけて殺さないでおくのは丸紅のためにも役に立つのではないか、ぜひマルコスを抑えてほしいと建言したら、檜山さんも大いに頷いてくれた。その効果あってか、マルコスはアキノを殺さずに亡命という形での追放ですませたのだった。

その話を後にボストンで打ち明けたら、彼が大笑いして、「この俺がお前に命を拾ってもらったとはなあ」と感に堪えぬように言ったものだった。

私は投獄中の彼の様子を、一方的な裁判の様を、彼の密かな支援者が写した写真で知ることも出来た。投獄によって前よりも痩せ細り精悍《せいかん》な顔付きの彼が、マルコスの任命した判事たちに激しく反論し、相手が思わずのけ反る姿までが写されていたものだ。

後に彼の亡命先のボストンで再会した彼から聞かされたが、投獄されている間一番辛《つら》かったのは、彼を眺めにやってきたマルコスが電話機を設置させ、「これは俺の机に直接繋がっているから、これを取り上げ、ひと言『イエス』と言ったら即座にお前を釈放して副大統領にしてやる」と言い残して出ていったことだったそうな。

その後、彼はその電話を見るのも恐ろしく、自分が間違って電話に触ってしまうまいかと部屋の中を歩くのも怖かったと言っていたものだった。彼が亡命してからは、独裁者の横暴は限度を超えてきて、国民の間に怨嗟《えんさ》の声が高まり、彼は帰国の決心をするに至った。

その決心を伝えられた時、私には彼の認識があまりに楽観的に思われたので、独裁者打倒のための他の策を建言したが、彼は一途に帰国を言い張り、台湾経由で帰国の途に就いてしまった。私の妻が心配し気学の名人に相談したら、その日は五黄の暗剣殺で最悪の日取りだという。早速電話でそれを告げて、せめて帰国の日を延ばすよう忠告したが、私の英語では気学の説明など覚束《おぼつか》なく一笑に付されてしまった。

その後、彼の滞在に勘づいた台湾の当局が彼の出国を妨げる動きがあるので、それをなんとか阻止してくれと彼から頼まれ、親しかった台湾の駐日代表を探し回り、彼の配慮で現地での彼への監視は解かれはした。

廊下にいた監視者が姿を消したのを確かめた彼から改めての感謝の電話があり、「お前は俺にとって本物の友達だよな」と妙にしみじみとした声で彼は言った。

その後、半ばマルコスに通じながら身を処してきていたマセダという側近から、マニラの空港ではダブルスタンダードの暗殺計画が用意されているらしいという情報を聞かされたと洩らした。私にはそれがマセダのアキノへの偽の半ばの忠誠の証拠だと指摘し、帰国を思い止まるように忠告したが、彼は聞く耳を持たなかった。そして最後に「シンタロウ、お前は俺にとって最後のたった一人の親友だったな」と言って電話は切れた。

こうして翌日、彼は降り立ったマニラの空港で軍が仕立てた偽者のガルマンなるヤクザ者の暗殺者と一緒に射殺されてしまったのだ。

気丈夫な彼の母親のオーロラは血みどろの息子の死骸をそのまま棺《ひつぎ》にしまい、国民の目に晒《さら》して弔問を受け続けた。それが引き金となって国民の独裁者への怒りが爆発し暴動が起こり、マルコスは失脚してしまった。

その後、母国へ帰国する途中、日本にトランジットで降りたアキノの遺族たちへの、マルコスに気兼ねした日本政府の扱いは冷酷なもので、間に入っていろいろ奔走した私の手立ても及ばなかったが、気丈な未亡人のコリーには感謝もされた。そして民衆はアキノの愛国心に報いて未亡人のコリーを大統領に担ぎ上げたものだったが。

彼女の就任式には私も参列したが、心は晴れることはなかった。

あの時、マセダの報告を打ち明け、中国の毛沢東に媚《こ》びていたマルコスに反感を抱いていた台湾政府を刺激し、アキノの身柄を拘束させていたならばと密かに強く思わぬわけにはいかないでいるが。それにしても心の通い合った友人を手の届かぬところでみすみす失うということの辛さというか、もどかしさは何度思い出し嚙みしめてみても喉を通らない。

# 人生の失敗

人生には失敗は付き物だが、失敗にも大小あって人生を左右しかねぬものや大事な人を傷つけてしまうものもある。

私が物書きになるための恩人でもあった伊藤整さんは、ジョイスや裁判沙汰にまでなった『チャタレイ夫人の恋人』の作者D・H・ローレンスの方法論を吸収して見事に活用し、特に人間の意識の流れに関して緻密な表現を駆使した作品は比類がなく、物書きが「文学者」と呼ばれるに唯一相応しい理知的な作家だった。

その臨終の際に、何と「俺は馬鹿、本当に馬鹿だった」と言い残して死んでいったそうだが、となればこの私なんぞどういうことになるのだろうか。

実は私は若い頃、作家としての自分の運命を左右した、取り返しのつかぬ過ちを犯してしまったし、後には肉親の弟を傷つける失敗をしでかしていた。

最初の失敗は『太陽の季節』なる作品で世の中に出たての頃、大もてしてあちこちからいろいろ声がかかり、飛んだり跳ねたりして自作の映画化の折に主演俳優として出演したり、自作の歌まで歌ったりで、いささか気が引けたので恩人の伊藤整さんに、どうしたものだろうかと相談にうかがったが、伊藤さんが実にうがったアドバイスをしてくれたものだった。

「あなたは今滅多にない人生の時に在るのだから、好きなことはなんでもしたらいい。なに、慣れない仕事でも興味があったら手掛けて、失敗したってなんで失敗したかを書けばいいんです、あなたはあくまで作家なんだから」

この強かな忠言に勇気を得て飛んだり跳ねたりしている一年半ほどの間に、実はアメリカのハーコットブレイスという一流の出版社から、私の作品のアメリカでの翻訳出版の契約をしたいという申し込みが再三届いていたものだった。

しかし、こちらは慣れぬがもともと興味があった芸能界の引きにうつつを抜かしている最中のことで、大事さに気がつかず、第一英語の何やら分厚い書類に目を通す気になれずにほったらかしにしていたら、最後に八度目の手紙が届いて、その時だけなんとなく目を通したら、冒頭に「あなたは全く誠意がない。故にこれをもってあなたとの交渉は打ち切りにする」とあった。

なんだそういうことかい、とその時は迂闊に見過ごしたが、もしその相手の申し出に応じていたら、日本ではその暴力性から非難されていた私のいくつかの作品はアメリカでなら正当な評価を得て、アメリカでの私の文学のマーケットを少なくとも大江健三郎や村上春樹よりも幅広く開拓出来ていたに違いない。

その後、私は『「NO」と言える日本』をサイモン・アンド・シュスターから出版しアメリカでも五十万部を売り尽くし、これは日本人の作品のアメリカでの部数の最高記録とされたものだが、何故か私にとってはそう嬉《うれ》しい話ではない。むしろ私の『処刑の部屋』とか『完全な遊戯』、あるいは『刃鋼』といった作品がアメリカでなら正当な評価で迎えられたに違いないと信じているが。

あれは私の生涯の中での悔やんでも悔やみきれぬ一大失策だった。まあ、あれも私の人生そのものということか。

もう一つの失敗はヨットマン憧れのトランスパックレースでのことだった。日本から初めての参加だった一九六三年のレースに、弟の裕次郎は彼の独立プロ製作作品『太平洋ひとりぼっち』の撮影中で参加出来ず、トランスパック用に造った愛艇に乗れず、私が代わりに艇長を務めて出たが、次の一九六五年のレースには勇躍参加していた。

私と同様に海クレイジーの彼の張り切りようは大変なもので、体調を崩していた他のクルーの分まで連夜ウォッチを務める有様だった。そのため体を冷やして持病の盲腸が痛み出し、かなりの重症で、スタートして四日目にコーストガードの伴走船デクスターに救急を呼びかけ、なんとか洋上で拾い上げてもらったが、その時のランデブーも辛うじてのことで、本船に乗り移って温かい風呂に入ったら冷えによる痛みも消えて、今度はヨットに戻りたいのでまた洋上でランデブーしたいと連絡してきた。

しかしこの二度目のランデブーは困難を極め、ナビゲイターの私が四苦八苦してもこちらの現在位置に相手の船が現れてこない。前回の一九六三年のナビゲイター、ジョー・ミラーに代わって私が買って出て日本であらかじめ漁船天測法を習得し、出発地のロサンゼルスでもホテルの庭で六分儀（セクスタント）を翳《かざ》し天測し、時角に合わせてラインを引き確信していたものが、いざ海に出てみると初日からチャートに確かなラインが引けないのだ。

六分儀を使っての天測というのは一秒ずれても一マイルの誤差が出るというくらいデリケートなものだが、また船に戻ってレースを続けたいという弟の願いは痛いほどわかるものの、以来何度やってもこちらの位置に相手の船の姿が現れない。そのうちデクスターは、足の速い大型艇がフィニッシュしてしまうのでホノルルで待ち受けなくてはならず、弟を乗せたまま行ってしまった。

ということで、弟の二度目の夢は潰《つい》えてしまった。ホノルルで私を迎えた弟が涙を流して私をなじったのも無理はない。

その後、ある偶然で私の天測のミスがわかった。それはあのレースが太平洋夏時間で行われていたことを気付かずにいたせいだった。天測用のグリニッジタイムに比べて一時間差があっては天測が成り立つわけもありはしない。

その謎が解けた訳を死に際の弟に報告して詫びたら、苦しい息の下から弟は、

「ああ、兄貴もう遅いよな」

言ってくれたものだったが。

# 男の就職

　私は一度だけ就職試験を受けたことがある。

　いや正確には二度だ。大学の寮での貧乏暮らしを楽しんでいるうちに就職試験の季節になっていて、周りの仲間がそれぞれ銀行や商社に仕事が内定してしまっていて、私の行く先はもう碌《ろく》なものが残ってはいなかった。

　その頃、私の親友西村潔が彼も職にあぶれていて、私に二人してどこかの映画会社に入って映画監督にならないかと誘ってくれた。もともと映画好きの私としては映画会社の助監督なるものがいかに悲惨な仕事かも碌に考えずに、つい乗り気になった。

初めは、すでに私が雑誌『文學界』に載せた作品を先物買いしてくれていた日活にした。そんな縁が利いて易かろうと思って願書を出したが、面接は有楽町の出来たての日活ホテルの一室で、呼ばれて入ったら正面に座った禿《は》げた蛸《たこ》みたいな堀久作社長が、提出してあった手元の履歴書を眺めていきなり、

「お前は法学部だな。ならば法律のことを聞くか」

と言い出したので、遮って、

「ちょっと待ってください。実は私は法律が嫌いで途中から社会学部に移って主に社会心理学をやっていましたから」

と言ったら、

「そうか、お前は法律じゃないんだな。ならば聞くが」

言いかけるのを遮って、

「ちょっと待ってくださいよ。『お前』というのは失礼じゃないですか。

私はまだあなたの会社の社員に決まったわけじゃありませんからね」

言い返したら、

「じゃ何と言えばいいんだ」

「それは『君』とか『あなた』でしょうが」

たしなめたら鼻白んで、

「じゃあ、社会のことを聞くが、今世界に国がいくつあるのかね」

社会心理学にはおよそ関係もないくだらぬ質問なので、確か並びの数字だったような気がして、

「えーと七十七でしたかな。いや八十八だったかな、ああ九十九かな」

言いかけたら、

「いったいいくつまで競り上げるんだ。もういい」

即座に追い出された。扉の外にいた受付の若い社員がすぐに出てきた私に驚いて、「何か忘れ物でも」と質してきたものだった。

続けて受けた東宝ははるかにましで、冒頭、受験者一同を前に担当の馬淵威雄専務が「本日は雨の中をご苦労さんでした。試験の結果には拘《こだわ》らずに胸を張ってさらに将来を目指してください」と実に紳士的な挨拶をされ、救われた思いをさせられたものだった。

一次試験の後、助監督志望の者たちには別の「青い背広」というサラリーマン映画のためのシノプシスを書かされ、私としては一番苦手な問題が出されて往生したが、最後の面接の際にそれを自分で読み上げさせられ、いかにも出来の悪いショートストーリーを出任せに継ぎ足して読み上げたら、名プロデューサーだった藤本真澄《さねずみ》常務が途中で遮って、「君、それはずいぶん長いじゃないか」と質してきたので、

「いや、実は我ながら出来が悪いので継ぎ足して読んでいました」

と告白すると、

「君、それじゃまるで歌舞伎の勧進帳じゃないか」

と言われ、「ばれましたか」と頭を掻《か》いたら一同大笑いで結果は合格となった。

しかし、それから間もなく芥川賞をもらってなんとか作家として食えそうだったので入社は辞退し、勧進帳の縁で藤本常務の企画顧問にされて、以来直に映画製作についての機微をいろいろ教わり、大層役に立ったものだった。

ということで、私には就職の体験なるものは一切ないので人生の深みについて語る資格などありはしないが、日活と東宝という対照的な受験体験はサラリーマンなる種族の哀感を想像させてくれる意味では、短くはあっても得がたい体験だったと感謝しているが。

いずれにせよ誰しも職を持たねば生きてはいけまいが、仕事を通じての他者との関わりは自我の摩滅を強いられる。しかし、それにいたずらに耐えるばかりでは男としての矜持は成り立ちはしない。

いきなり「お前」呼ばわりしてきた社長なる相手に腹を立てて最低限の儀礼を教えてやったことに何の後悔もないが、生まれて初めて目上の相手に自我を通したことに今でも大いに満足しているし、あれがあの後の私の生きざまを決めてくれたものとして自覚しているが。

# 男の気負い

人間には誰しも愚かさなるものはあるが、男と女ではいささか違うところがあるような気がする。

「わかっちゃいるけど　やめられねぇ」という歌の文句があるが、男の所行にはそれが多い。何故そんなことをするのかと問われ、そこに山があるからだと答えて魔の山エベレストに消えたマロリーにしても、冬季単独初登頂後、これも魔の山のマッキンリーに消えた無類の冒険家植村直己にしても同じことだ。生前仲間たちとつくったキイクラブで親しかった彼に、なんで次から次へと危ない冒険を繰り返すのかと質したら、「僕は都会にずっといるとなんだか怖いんですよ」と答えたものだったが、どんな女も都会が怖いとは言いはしまい。

かつてアルプスの三大北壁の冬季単独登攀《とうはん》を成し遂げた日本の代表的登山家の長谷川恒男氏は遭難して、何と手足の指十三本を無くしていたが、私との対談の中で、「たとえ遠くて深い山の中での単独登頂でも誰かが見てくれている。目には見えなくても人間の社会との心の中での繋がりがあれば寂しくもないし、不安もありません」と言っていたもので、この心境はやはり男ならではのもののような気がするが。

とは言っても、もちろん女性の優れた登山家もいるにはいるが、やはり無類の冒険家が男に多いのは男のほうが女よりも愚鈍、鈍感ということか。

しかし私は人生の中の趣味として、女から見れば愚かだろうが私にとってはスウェルな男たちが好きだ。彼等の多くが誰しも同じことを言うものだ。「冒険が始まった時、いつもすぐに還ることしか考えない。還るためにここにこうしているのだなと思う」と。

　あの加藤保男氏が言っていたが、あの難所のアイガーの北壁に登った時、ルートの開拓中、次の足場のために打ち込んだハーケンがばっちり根元まで入っているし、それにあぶみをかけて体重をかけてもびくともしない。それでまた一歩這い上がろうとしたら、彼の身長ぐらいある岩がぴくりと動いたような気がした。ん、と思って怯《ひる》みながら次の一歩に踏み上がった瞬間、二十メートル下の空中に放り出されていたそうな。

　抱きついている巨きな岩がぴくりと動いて感じられる超過敏な感応は、多分女にはあり得ぬものだろうと私は一方的に信じているのだが。

　あの植村がよく言っていたが、

「僕は日本にいると物乞いみたいなものですよ。いつも次の冒険のための金集めに、あちこち企業を回って次の計画のスポンサー探しをしてるんですからね。死ぬかもしれないことのために、ぺこぺこ頭を下げて回るというのは気骨が折れて憂鬱ですよ」

と。「それでも君はまたどこかへ出かけて行きたいんだろう。でないと身がもたないというのは因果だろうな」、私が言ったら、

「そりゃあまあそうですね。それが生まれつきの癖なんでしょうね。それが僕の人生の形だと割り切っていますよ」

他人事《ひとごと》のように言っていた。

その彼がグリーンランド縦断の時に、橇《そり》を引かせた犬たちの多くを死なせてしまったことで愛犬家たちから非難の声が上がって一種の社会問題になりかけた時、仲間内の会合で、

「ああ、あれはほとんど殺して食っちまったんですよ」

あっけらかんと打ち明けたのには驚いた。なんでも熊に襲われ、橇に積んでいた食料のほとんどを奪われたので、しかたなしに橇を引く時に足並

みの揃《そろ》わぬ犬から殺して食べてしまったそうな。

「他の犬たちも腹が空いてますから喜んで仲間を食っていましたよ」

淡々と打ち明けてくれたものだった。

当たり前の話だろうに、グリーンランドという荒涼とした僻地《へきち》で生きぬくため、手下の犬たちを殺して食うという動作に、都会で暮らしている人間たちのセンチメントが通じるわけもない。


かつてインパールやフィリピンの戦場で補給を断たれた日本軍の兵隊たちは、猿に見立てて仲間を殺して食いもしたものだ。彼等が地元の女たちを殺して食ったという事実は全くありはしないが、それは男だけの世界の黙約とも言えそうだが。

傍から眺めれば愚かとも恐ろしいとも見える黙約の上に成り立つ男の世界なるものはやはり在る。歴然として在るのだ。そしてそこにこそ男が男たる所以が在るのではなかろうか。人はそれを愚かな、あるいは美しいマッチョ、マチスモとも言うだろうが。

いつかの小網代カップのスタートの時、ひしめくレース艇の真後ろから折からの強い北風を背負ってスピンのフルセイルで先行艇の際どい隙間を突破し、断トツでスタートし、あっという間にそれらを引き離し完全優勝したものだが、観戦していた記者がＮＯＲＣ史上最高のスタートだと記してくれたものだった。スタートして五分も経たぬうちに振り返ってみれば、はるか後ろは後続艇のつくるスピンの壁だった。あの時の私の判断も傍から見れば非常識で危険極まりないものだったろうが、男としての私ならではの絶対の選択だったと言える。

ああした愚かにも見える気負いというのはやはり男の、男としての属性に違いない。例に引くのは恐れ多いが、悟りを開くために壁に向かって何年も座り続けて足が腐って無くなってしまったダルマ様のようなことを、女は多分出来はしないし、やる気を起こすこともあるまいが。

人のために座り続け、あの『青の洞門』を掘りぬいた禅僧にしても同じ男としての一途の思い込みの所産に他なるまい。傍目には狂気に近い気負った男ならではの所行が、世の中を大きく変えるということには事欠かない。

ということを、最近の当たり障りのない若者たちには男として心得てほしいものだが。

# 男の功名心

　だいぶ以前にリニューアルされた上高地のホテルに招待されたことがある。残念ながらその日、東京に大事な用事があって私は行くことが出来ず、代わりに子供たちが出かけていったが、とにかく素晴らしい景色で滞在を満喫したということだった。

　ということで、私も思い立って、車で四時間かけて上高地のホテルに出かけたが、聞きしに勝る絶景で、部屋のテラスから眺めると目の前に穂高の山がそそり立ち、しかもアルプスで一番の難所と言われているジャンダルムが迫って見えた。

ジャンダルムというのは険しい断崖で、ともかく広大な斜面に木が一本も生えていない。そして急な斜面はすべてが瓦礫《がれき》の連なった岩場だ。

ジャンダルムという名前そのものが「ジャン」は男で、ダルムの「ダ」は英語で言えば「ｏｆ」、そして「アルム」は兵器ということで、つまり「武装した男」というのは「兵隊」か「警察官」ということかもしれないが、いずれにしろ素人には近寄りがたい存在に他ならない。

人によればジャンダルムは「人喰《く》い崖」とも言われていて、冒険心か功名心かは知らぬが、その登攀に駆られた登山家たちが何人もそこで遭難して果てたという伝説は、眺めるだけでいかにもと頷けるものだった。

何故登山家たちは危険も顧みずにそうした登攀を試みるのかは、男としてのある種の衝動、あるいは我こそはという功名心によるのかもしれないけれども、それに駆られた山での悲劇は数知れずあるものだ。

私の友人の一人に谷川岳の危険な一枚岩の幕岩を初登攀し遂げた男がい

るが、その噂が広まると彼に続いて彼とは別のルートでその岩を克服しようと試みる者たちが続出し、遭難が絶えなかったそうだが、いったい何故峻険《しゅんけん》な山を見ると、それを登って克服しようという衝動に駆られるかは、まさに男ならではのものかもしれない。

あのエベレストの登頂を目指し、若くして成功したに違いないが、途中で滑落して死んだマロリーが、なんでそんな危険を冒すのか問われた時に「そこに山があるからだ」と答えたという伝説は、危険な山登りを試みる登山家たちに共通した心理、衝動なのかもしれない。

その典型的な例がアルプスの最も危険な山とされているアイガーの北壁で、何人もの登山家たちが登攀を試みて失敗し続け、多くの犠牲者を出したが、ある年にどこかの企業がアイガーの北壁を克服した登山家に賞金を出すことにし、それに魅かれて、その年に何組かのパーティが北壁の直登を目指したものだった。しかもその麓《ふもと》の村にあるホテルには、その危険な冒険を下から望遠鏡で眺めて楽しもうという観光客たちが押しかけて大変な賑《にぎ》わいとなった。

しかし、その冒険に応募した何組かのパーティはすべて途中で挫折して、最後に最強と思われていたトニー・クルツを中心にしたパーティが登攀を試みたものの、これまた四人のうち三人が途中で滑落して死んでしまった。残されたクルツもやはり途中で遭難し、身体に巻きついたロープで千五百メートル上空に宙吊りになったまままもがいていたものだった。

ある夜、アイガーの尾根まで山をくりぬいて敷設されている登山鉄道の管理人が、夜の勤めとして鉄道の点検のために軌道の上を歩いていた時、トンネルの途中に開けられた窓から助けを呼ぶ人の声を聞いた。驚いて灯りで窓の外の頭上の壁を照らし出してみると、何とトンネルの窓からわずか二十メートルほどの上空に宙吊りになってもがいて叫んでいるクルツの姿が見えた。

驚いた鉄道員は麓に駆け戻り、クルツの遭難を報告して翌日、救出隊がトンネルを伝ってクルツの遭難状況を確かめたが、いかんせん地上から千五百メートルの上空に宙吊りになっているクルツまでの二十メートルの距離が難関となって手が出せない。励ましの声をかけている救出隊にクルツは必死な声で救ってくれと叫んだが、わずかの中空のその距離がどうにもならない。

そして救出隊が見守る中で、クルツは絡まったロープを解いて脱出するために、最後には絡んだロープの結び目を必死に歯で嚙んで解こうと努めたが、叶わぬうちに力尽き、救出隊が見守る前で、わずか二十メートル先の、地上から千五百メートルの上空でロープに絡まりぶら下がったまま息絶えてしまった。

その遺体を収容する術《すべ》もなく、救出隊は二十メートルの長さの鉄棒の竿《さお》を急遽《きゅうきょ》つくって、その先に取り付けた刃物でクルツをぶら下げているロープを切断し、彼の身体を千五百メートル下の地上にまで落として、ようやく遺体を収容したものだった。

この凄まじい悲劇が何を意味するかは人によってそれぞれ違うだろうが、いずれにしろ命を落としてまで危険な山登りをするクライマーたちの冒険心なり功名心は男ならではの衝動に違いなく、そうした男の性こそが実は人間のさまざまな発展を導き出し、時代を変え、新しい歴史をつくってきたに違いない。

# 死に際

私もこの齢《とし》になると、そう遠くもない自分の「死」についてしきりに考えさせられる。死は人間にとって最後の未知、最後の未来だから想像のつきようもないが、私の父親のようによその会社での会議中に脳出血で呆気なく死ぬのも寂しいし、弟みたいに肝臓の癌で苦しみぬいて死ぬのもいやだ。

人の死に際なるものは自分で決められるものではないが、それでも自分で定めて羨ましい死に方をした人も何人かいる。その最たる人は北面の武士から転じて歌人になった西行法師で、彼が理想の死として歌った、あの

「願わくは　花の下にて春死なん　その如月《きさらぎ》の望月の頃」の歌のとおり、彼はその季節に合わせて断食して身を殺《そ》いで死んだそうな。

死のイメージに関してはよく三途《さんず》の川が出てくるが、人間の死に際の研究で有名なエリザベス・キューブラー＝ロスの報告にもあるように、死と生の境目なるものは確かにあるようだ。

私は死に損なった二人の男からそう聞かされたが、一人は私の弟で、彼が解離性の動脈瘤《どうみやくりゆう》で大手術を受けた折、夢うつつの中、どこかの河原でのモブシーンのロケーションをしている時、動員している大勢のしだしの連中がどうにも上手く動かず苛々《いらいら》して河原をジープで走り回っていたら、河原の向こうに潜んでいる連中が何故か頭に白い三角の布を着けているのに気付いたそうな。

それは昔からいう亡者の印で、「あいつらをどやしにジープであの川を渡っていたら俺は死んでいたな」と彼は言っていたが、青嵐会の仲間だった玉置和郎議員も大病の際、夢の中で死んだ兄から「もうこっちへ来いよ」と誘われたという。

しかし、九死に一生を得たという話よりも実際の死にいかに立ち向かうかが男の男としての生きざま、死にざまだろう。

過去にも今にもさまざまなパターンがあるが、私がいかにも彼らしいなと肝に銘ずるのはあの一代の英雄、織田信長が配下の明智光秀に背かれ、宿舎の寺を大群で囲まれた時、森蘭丸が「寄せ手の旗印は（明智の）桔梗《ききょう》の紋でございます」と報告したのを聞くや、

「寄せ手は明智か、ならば是非もない」

あっさり諦め、寺に火を放ち、腹を切ってしまった。あの潔さは無類のものだ。

優れた男というものは皆優れた死に際を見せてくれるものだ。そして聞

く者を痺《しび》れさせる名文句を残してもくれる。私の好きな遺言の一つは戦国武将の一人、直江兼続がいよいよ天下を二つに分けての関ヶ原の合戦が行われる直前、親しかった大坂方の参謀、真田幸村との別れにしたためた手紙の中の漢詩の一節だ。

「春雁吾《われ》に似たり　吾雁に似たり　洛陽城裏花に背いて帰る」

この名文句はいろいろ使えそうで、東京の本社から地方に転勤する男の心情にも重なりそうだ。

私が何よりも好きな男の死に際、というより死を覚悟の旅に出向く男の姿を表した物語は『平家物語』の一節、平家の公達《きんだち》の一人、薩摩守忠度が都を発《た》って西国に落ちていく途中、急に馬を返して彼の歌の師匠藤原俊成邸の門を叩いて自らの歌集を手渡し、「近々勅撰《ちょくせん》の歌集が編まれると聞いておりますが、出来れば私の歌の一首なりとも加えていただければこの上ない幸せと存じます」と述べて、死の待つ戦場に向かって落ちていったという。

俊成はそれを受け取り、必ずやお心に報いましょうと涙ながらに愛弟子《まなでし》を送り出した。そして間もなく勅撰和歌集は編纂《へんさん》され、その中に彼の歌集から選ばれた一首が載せられた。

「さざ波や　志賀の都は荒れにしを　昔ながらの山桜かな」

という名歌で、作者の名はわざと記されておらず、ただ、詠み人知らずとあったそうな。なんとも胸を打つ洒落た挿話ではないか。

忠度の歌にはあの西行の願った死に際の歌にも通う心憎い歌もある。

「行き暮れて　木の下陰を宿とせば　花や今宵《こよい》の主ならまし」

と。これまたなんとも粋な一首ではあるまいか。

あいつは往生際が良いとか悪いとかよく言われるものだが、人生は人によってさまざま起伏もあるもので、男と生まれたら己の死に際だけは上手く飾りたいものだ。

織田信長の好きだった小唄に、

「死のふは一定、しのび草には何をしよぞ、一定かたりをこすよの」

とあるが、人は死ねば傍からどんな勝手なことを言われるかわかったものではない。

ということだが、この摂理が教えていることは、男はやはり死に際ということだろう。

# 男と金の関わり

男に限らず誰しも金に関わりない人生の問題などあり得ない。

しかし、その関わりようによってその人間の品格が問われ、人生そのものが左右されもしかねない。大金持ちが必ずしも卑しい人格とは限らず、例えば金権政治で天下を制した田中角栄は決して品性下劣な人ではなかったし、角さんの金にむしゃぶりついていた側近たちのほうが卑しく、金づくりの天才でもあった角栄のほうが金銭には恬淡《てんたん》としていた。何しろ彼が十代でつくった建設会社が、二十代のはじめには日本での大手五十社に入る売り上げを記録していたほどなのだから。

あの天才のつくり出した金の相伴にあずかりながら彼を裏切った相手を角さんは許さなかったが、それは当然のことだろう。

しかし大方の政治家は金には苦労し、その苦労がその人間の性格や品格まで決めてしまう例には事欠かない。

私の政治家としての体験の中で対照的な人物が二人いた。

その一人はかつて三木派の後を継ぎ、河本派を主宰し総裁選にも挑んだ河本敏夫と、彼の金の相伴にあずかっていながら仲間を裏切った中川一郎だ。

私が河本に敬服したのは大平正芳政権の時、反大平連合が造反を企んで四十日抗争なるものが起こり、揚げ句に事の弾みで内閣不信任案なるものが成立してしまい解散とあいなった。

その直後、反大平連合が衆議院内のある部屋に集まり、次の選挙には新党で臨むしかないと気勢を上げていた時、私の向かい側に座っていた河本氏の恬淡とした表情を見て、私は感心させられた。

というのは、それまで彼は次の総裁選に備えて党則にのっとって彼を支持する党員を集めるために彼の母校の、最大数の卒業生を持つ日大の出身者たちを、彼が党費を立て替え党員に仕立てて勝つ目論見《もくろみ》で、膨大な金を使って態勢づくりをしていたものだった。

しかし解散総選挙となり、党を分裂させ新党で出直そうということで仲間が大挙して集まっている今、彼がそれまで党員獲得のために使った莫大《ばくだい》な金は木の葉に化けてしまったわけで、それでもなお表情ひとつ変えずに座っている男の度胸に、私は男として共感していた。そして年来の親友だった中尾栄一を呼んで河本を指さし、この次は皆で彼を推輓《すいばん》しようと約束し合ったものだった。

しかし、自民党の分裂を恐れた財界が決議し圧力をかけてきて、分裂は阻止された。

その後の総裁選の際に、私は中川派の幹事長として中川を説得し河本を推すことに決め、そのことを年来の知己だった河本派の海部俊樹に伝えてやった。彼は喜び、早速河本に会ってくれと頼んできたが、私はいちおう派の長である中川を立てて彼を呼んでの約束の確認を建言した。そして次の総裁選には中川派の七人は私の立案どおり河本に投票した。

ところが、この経緯にはとんだ後日譚《ごじつたん》があったものだった。

河本氏も身まかり、中川も不思議な死を遂げた後、私の家内が、私の品川の後援会長の一族で、私の媒酌で子供たちが結婚し親戚となった中川の北海道での有力な後援者の、ある観光会社の社長に招かれ旅行した時、話題が何かの弾みで自民党の総裁選になった際、その社長が「いやあ、自民党の総裁選というのは大変な金がかかるものなんですね」と慨嘆し、中川派が河本を推した時、中川派七人宛て一億ずつの金をせしめたと中川が豪語していたことを打ち明けられたそうな。その金を彼は独り占めし、仲間には百円も配りはしなかった。

それを家内から聞かされた時、私は心の芯から白けた思いだった。

その後、中川が札幌のホテルで怪死した時、何故かそのことを思い出させられたものだった。あれは経緯からして金か利権に絡んだ殺人に違いない。

さらに後日、ソビエトに改革が起こり、グラスノスチなる機密文書の公開が行われ、その中に中川のサハリンの原油採掘に関する利権の闇取引の資料が露見し、どこかのテレビの『驚きももの木20世紀』なる番組でコメントを求められた時、私はいっそう白けぬわけにはいかなかった。

一度は見込んで苦労して総裁選にまで出してやった中川という男との友情が泥にまみれた雪解けの雪みたいに汚れて消えていくのを、どう防いでいいのかわからぬ思いでいたものだ。

金はまさしく魔物だ。その扱いしだいで人間の矜持も友情も簡単に売り飛ばされてしまう。しかし、金の魔の手にかかるか、かからぬかは所詮その人間の品格と矜持の問題だろうが。

私も後年、中川派の後始末で小さな派閥を抱え苦労したが、金をもらう側と配る側では気持ちがこんなに違うものかとしみじみ悟らされたものだ。

ある時、季節の小遣いを配った後、その日の国会が流れたと聞いたのでゴルフにでも行こうかとつぶやいたら、仲間の何人かが一緒に行きたいと言う。しかたなしに同伴させたらスタート時にホールマッチで賭けたいというので頷いたら、鶴ですか亀ですか、と聞く。鶴は千円で亀は一万円ということで、ついさっきもらった金をゴルフに賭けるという魂胆にはうんざりさせられたものだったが。

# 仲間の訃報

肉親は別にして身近な仲間の訃報は、それを聞いた自分の生存を相対的に強く意識させてくれる。それは人間の一種の業であって、この世に生存している人間は誰しもいつかは必ず死ぬのであり、そう知るが故に誰しも己の死は覚悟している筈だが、身近な相手の死の報せは対比として己の生を改めて覚知させてくれる。

「そうか、あいつは死んだのか」という慨嘆は皮肉なことに悲しみや悼む心とは別に、改めて生き甲斐を育ててもくれる。それを貪欲とかエゴの表示として咎めるのは人間の本性への買いかぶりで、生きるということはエゴの表示であって、人生というのは生と死の競合が織り成す錦絵のようなものだ。

限られた人生の中での生と死の葛藤は、ある者には利をもたらし、ある者からは希望を奪いもする。戦争などという極限的な状況の中では、それは顕著に現れもする。飛んできた一発の弾丸が自分をかすめて過ぎたが、隣の戦友を撃ち殺しもする。間一髪が互いの運命を左右するのは人の世の常であって、そういう意味では人生は微妙な綱渡りに似ている。

親しい仲間の訃報は改めてそれを痛感させてくれるが、新しい勇気を与えてもくれる。そうした心理構造は非情なようでも人の常であって、そして人間は自ら選んだ術のせいで、それを敢えて自ら行い、己を生かし支えなくてはならない。危険な山登りに身を賭すような人間は、ある場合、落石に打たれて死んだ仲間が繋がったロープを切って谷底に墜落させ、自らを救わなければならない。

これは他者の死と自らの生との対極的な絡み合いの事例だが、人間の関わりの象徴的なケースに違いない。

前にも述べたが、私と親交のあった無類の冒険家の植村直己はグリーンランドの犬橇による踏破の際、熊に襲われて食料のほとんどを奪われ、その後食い繋ぐために橇を引く犬たちをしかたなしに次々に殺して食べたそうな。犬たちも同じように仲間の肉を喜んで食ったという。動物愛好者たちはそれを非難していたが、彼は動じることもなかった。

極限状況の中では、人間は他者と生と死の取引を強いられもする。そして他者の死が他者の生を救いもする。

レイテ島での死闘の体験を記した大岡昇平の傑作『野火』にもあるが、敗残して放浪する兵隊たちは衰えはてた仲間を殺し、猿の肉と偽って分け合い食べたそうな。人間の人生は他者の死によって支えられている節がないでもない。それは観念の世界でならば十分にあり得る。

私自身もその体験があった。それは大岡さんの凄まじい体験には及ばないが、他者の肉体的な犠牲によってではなしに、他者の死の情報によっての蘇生《そせい》の体験だった。

あれは私が創設した沖縄から三崎までの手強いヨットレースの三度目の最中だった。折から駿河湾に巨きな冷水塊が出来、そこに大きな低気圧が発生し、強烈な北風が吹き込み大荒れの海になった。どの船も巨きな三角波に阻まれて立ち往生し、船はまるでロデオの馬みたいに跳ね上がり、キャビンの中にいても壁に叩きつけられ、怪我人が出る始末だった。

その最中に海上保安庁との定時交信が始まり、他の船の動向を探るために全員聞き耳を立てていたら、ある船から荒天の海に落水者が出たとの報告があった。応答の中で相手は落水者の名前と職業を質してきた。その男の職業はスタイリストとかで聞き慣れない言葉に相手は聞き返してきて、報告者は「雀《すずめ》のス、田圃《たんぼ》の夕、犬のイ、林檎《りんご》のリ、雀のス、蜻蛉《とんぼ》のト」と説明していた。それを聞いていたクルーの一人が、「ああ、あいつだぁっ」と叫んで跳ね起きた。彼は何か叫んで表の甲板に駆け上がり、落水者と同じ大学のヨット部の同僚に興奮して仲間の出来事を報告していた。

あの荒天の中での落水は間違いなく死を意味していた。それは誰しもが疑いもしなかった。

そして驚くことに他の船に起こった悲劇の情報は突然、へたばっていた我々に元気を与えてくれたものだった。彼は死に、俺たちはまだこうして生きているというなんとも言えぬ強い実感が突然思いもよらぬ活力を与え、体の内に生気を蘇《よみがえ》らせてくれるのを全員が感じていたと思う。

あれは異常な状況の中で突然もたらされた生と死の、際だった相対的感覚だった。

「ああ、人間という奴はこうやってしぶとく己の存在感を確かめ、自分を確かめ直しながら生きていくものか」とつくづく思ったものだった。

最近、古いアルバムを見直していたらその昔、学生時代に極貧の寮生活をしていた頃、誰かが仕入れてきた日本酒の一升瓶を飲み干し、空き瓶を抱えて肩を組み合い寮歌を歌っている写真が出てきた。あまりの懐かしさにその仲間を呼び集めて、またもう一度乱痴気騒ぎをしてみたいものだと思い立ち、古い仲間の消息に詳しい男に写真の仲間の所在を確かめるよう頼んだら、その全員がすでにこの世を去っていたと知らされたものだった。

それを知った時の寂寥《せきりょう》感と、相俟《あいま》っての俺はまだこうしてこの世に籍を置いてはいるという強い相対的な存在感を、何ととったらいいものだろうか。

# 男の強かな変節

人間には功利計算が付き物だが、男のそれは女とは違って大きなものを動かしかねない。天下分け目の関ヶ原での大合戦で西に味方していた筈の毛利の大軍は最後まで陣を構えて動かずに、戦の途中から陣を払って引き揚げてしまい、結果は徳川の天下となった。こうした変節は人間には付き物だろうが、女のそれよりも男の場合のほうが事は大きいし、政治絡みのことが多い。

斯く言う私も政治絡みでの相手の変節で酷い目に遭ったことがある。

前にも述べたが、美濃部亮吉革新都政が全盛の頃、全国区の参議院選挙以来無敗で来た私に都議会が目をつけ、まさに溝板《どぶいた》を歩いてようやく衆議院に移った矢先の私に白羽の矢を立て、次の都知事選挙に出るよう懇願してきた。

当然、私は拒否したが、当時の三木武夫首相が自派の宇都宮徳馬を候補に立て、それで落着と思っていたら、何と当人が怯えて選挙告示の十日前に降りてしまった。となれば、都政を破壊し尽くしてきたコミュニストの美濃部が無競争で再選されることになる。

それを恐れて三木総理と中曽根康弘幹事長が私の前で机に両手を突いて懇願し、後の始末は責任を持ってするからということで、残りの日も少ない中、私は反共産主義としての意地で必敗覚悟で今思っても苦しい選挙を戦いぬいた。結果は惜敗だったが、その結果抱えた膨大な借金を一文も三木は肩代わりしてくれなかったし、中曽根には、借金は敗れた者の責任でそれを目をつむって引き受けるのが男の意地だ、と突き放された。

それを見て政治の世界なるものは所詮こんな下司《げす》なものなのだと割り切って、敗戦処理は一人ですることにしたものだった。中で唯一人実情を聞いて同情した福田赳夫だけが部下の細田博之に命じて、最後に回されてきた運動員の使ったかなりの額のタクシー代だけを払ってくれたものだった。所詮、政界なるものはそうした変節背信が渦巻いている世界でしかありはしまいが。

しかし、自民党などという小さなコップの中の出来事に比べれば強かな男によるものならではの変節や背信が、その国や世界の歴史を揺るがし変えてしまうという事例があることはある。

これはあの関ヶ原で毛利の大軍を率いていた猛将などとは違って小柄で陰気な、あまり人目にもつかぬ男だった。

その男とは知る人ぞ知る矮小《わいしょう》な体つきのジョゼフ・フーシェだ。

彼は仕えていたブルボン家の王様を殺し、次いではその後に登場し皇帝となったナポレオンをまで実質的に殺してしまった。そしてまたその後復活したブルボンの王様にもぬけぬけと仕えるまでした。最後は総理大臣にまでなった彼に密かに付きまとった渾名は「王様殺し」だった。

その所以はフランス革命の折、議会に引き出され糾弾されていたルイ十六世の判決の時に、生まれ故郷の田舎の県知事を務め、議員としてそれまで議会の王様派の議席に座っていた彼は、議員が一人一人王様の処刑についての賛否を唱える時、立ち上がり中央の演壇まで進むとひと言低い声で「死刑」と宣言し、そのまま反対側の革命派の席に赴いて、その椅子の一つに座り込んでしまったのだった。

それ以降も彼は革命派を指導し、残虐な恐怖政治を行ったロベスピエールに上手く取り入り、仲間内での粛清を乗り越えた。そして外国での戦に勝って凱旋したナポレオンが皇帝の座に就くと彼に取り入り、警察大臣の役に就いてしまう。

そして多数の警官を手足のように操り、皇帝の重臣たちの秘密を握り、それを翳して彼等を脅して操り、皇帝の政治を実質支配するようになった。だけではなしに皇帝の妻ジョセフィーヌの過去の秘密や皇帝の浮気の尻尾も摑《つか》み、あのナポレオンを手の内に収めてしまった。

彼のつくり上げた警察機構は他国でも評判となり、明治維新で近代化に努めた明治政府は新しい警察機構の中にフーシェのやり口を真似るようにさえなった。

ナポレオンが一時失脚しエルバ島に幽閉され、そこから脱出してパリに戻り、再び皇帝の座に就き政府を開いた時、誰よりも必要としたのはフーシェだった。彼を憎み恐れながらもナポレオンは彼を必要とせざるを得なかった。

やがてナポレオンの百日天下が終わり、またブルボン王朝が復活したら、フーシェはぬけぬけとおよそ反りの合わぬタレーランのもとで警察大臣に復権し、自分の兄を殺された王、ルイ十八世も彼を憎みながらもオトラント公爵にして閣僚として使わざるを得なかった。

そしてフーシェに、彼の職務としてナポレオン復活時代に前の王に背いてナポレオンに仕えた裏切り者たちのリストをつくらせ、その処刑を命じたりした。彼もそれに従い、さすがに最小限のリストをつくり、その処刑を執行したりしたものだった。

するうちに周りの彼への憎しみが募り、タレーランはそれに乗じてフーシェを出来たてのアメリカの大使として送り出し、始末しようとしだした。それを聞いてさすがのフーシェも処世の限界を悟り、北の田舎の港町に隠《いん》遁《とん》し、そこで人知れずの晩年を送り、ひっそりと死んでいった。

後に、あのゲーテは彼の生きざまを皮肉を込めて称え、「私たちは永遠にかなうものとなるためにこそ存在する」という警句を記したそうな。

男が男であるが故にこそ男としてしか出来ぬ生きざまがあることを、フーシェはその範として示したと言えるのかもしれない。

# 惨殺の系譜

　男は自分にとって大事なものを守ろうとする時、平気で身の周りの親しい者を殺したりもする。特に権力者は、自分の政治的地位を守るために血の繋がっている親族をも殺す。女にはそれが出来ない。せいぜい、最近よくあることだが、新しい情夫の気を引こうとして自分の産んだ連れ子を殺したりはするが、浅はかなだけでぞっとするような残忍さはない。

　そこへいくと北朝鮮の独裁者の金正恩は実の兄を毒殺させたり、大切な叔父を殺させたりしても世界からさして非難もされないし、核兵器を振り回して恐れられるだけで安穏に生き続けている。こうした化け物は暗殺でもしない限り淘汰《とうた》出来ないだろうが、彼等は権力の分厚い壁で巧みに身を守り続けている。

歴史を振り返ってみても、非人間的な惨殺で身を守った女の例は稀有で、こうして見るとやはり男に比べて女は優しいということだろうか。そして往々男は残忍な権力者に共感さえしてしまう。

そのための施設まで構えてユダヤ人を惨殺させたヒットラーや、政敵を殺すのにさんざん役立てたベリヤまでを退けたスターリンが、今でもある種の男たちに妙に人気があるのは女とは違う男のＤＮＡの故だろうか。

しかし真っ当な者には、そうした非情な権力者はやはり疎ましいらしい。源氏を再興させ鎌倉幕府を開き、公家という嫌らしい権力機構を壊滅させ、侍の時代をつくった源頼朝が今ひとつ人気がないのは、天敵の平家を滅ぼすのに最人の功績のあった弟の義経を追放して殺させた非情さを、誰もが感覚的に受け入れられないせいだろう。世に言う判官贔屓《はんがんびいき》も当然の気がする。

頼朝の平家への憎しみは、風呂場で騙し討ちにあって惨殺された父の義朝の復讐の念もあったろうが、その執念は徹底していて、平家が大方滅ぼされた後も、鎌倉の寺に逃れて僧侶になっていた六代御前を見つけ出し、逗子の河原で首を切り落としたというほどだった。

自分の権力の保全のためには、弟の義経の愛人静御前の産み落とした赤ん坊が男だったので即座に殺させて稲村ヶ崎の崖から海に捨てさせたほどだ。

彼が殺させたのは義経だけではなしに、もう一人の血を分けた弟範頼もそうで、事は頼朝が催した富士の裾野での大巻き狩りで、そのどさくさに乗じて侵入した曽我兄弟が父の仇討ちに工藤祐経を切り殺した大騒動の噂が鎌倉に伝わり、頼朝の身を案じた妻の政子に留守番をしていた弟の範頼が「心配なさいますな。ここにこの私がおりますから」と慰めたのが仇になり、それを聞いた頼朝は彼が自分に代わって幕府を乗っ取るつもりかと疑い、すぐに彼を謀反の疑いありと断じて殺してしまったものだった。
この猜疑心《さいぎしん》の強さは異常とも言えるし、ある種の芯の弱さとも言えそうだ。ということは、表面は異常な強さを備えて見えても強弱の二面を備えたところに、タフな男として人間としての深みを隠しているということだろうか。

無慈悲にも見える多量の殺戮《さつりく》で有名なのは、短い人生の中で一代にして天下を制覇してしまった織田信長だが、彼のやった比叡山の焼き討ち皆殺しは堕落した当時の仏教を象徴していた比叡山に立てこもって狼藉《ろうぜき》を尽くしていた僧兵の淘汰のためで、一向一揆《いっき》への殺戮も共に天下の平定のために必要な手立てに他ならなかった。

それははるばる外国から布教のために身を賭してやってきた外国人の宣教師たちを評価し、彼等の伝える外国文化の先進性を評価した彼の合理性に依るもので、現代にもなお存在する前述の独裁者たちの行っている惨殺とは意味も性質も全く異なっている。

信長に見られる無慈悲さは正当な合理性からきた結果であって、現代の独裁者たちの行っている惨殺とは歴史に反映される意味が全く異なる。

ある種の殺戮は歴史的な正当性を備えてまかり通ろうとするが、その最たる例は神の意思に背いて行われた日本に対する原爆の投下による多量殺戮で、制空権を失った日本の首都東京への一方的な焼夷弾《しょういだん》投下による一般市民の焼き殺しも、戦争の短期終焉《しゅうえん》を盾にした、勝者の無慈悲な惨殺に他ならない。

ああした殺戮の事実は、無慈悲な惨殺がまかり通った遠い過去の遺産とも言えそうだ。

しかし無慈悲な殺戮を行ってきたのはあくまで男たちであって、ある女の主体性がそれを行わしめたというような事実はほとんど見られはしない。これは女性たちの威信と名誉のために付言しておくが。

原爆を開発したオッペンハイマーは原爆殺戮の無惨さを痛感し、原爆に次ぐより強力な水爆の開発に加わることを拒否し、原子力委員会で弾劾され、一時追放されたが、後にケネディ大統領によって名誉を回復された。

彼の祖国に背いてまでの決断もまた、芯の通った男ならではのものだったと言えるだろう。

# 男にとっての海

人間の生活する領域は陸と海と空の三つに限られようが、海との関わりはほとんど男に限られている。空も大方男の領域で、最近では大型旅客機に欠かせぬキャビンアテンダントのような仕事もあるが、海にしろ空にしろ危険な生活領域は男の専門と言えそうだ。

特に大型の船による大洋での航行や漁猟は男の仕事で、古来海と人間の関わりの主役は男に限られてきた。

世界で初めて未踏の大海を渡って新大陸や魅力の島々を発見した大航海者はコロンブスにしろマゼランにしろ男だし、大西洋を支配君臨していたバイキングも勇猛な男たちだった。海は自由と、海に君臨した男の英雄たちを連想させてくれるから、男は誰でも海が好きだし、海のない地域に住む男だろうと誰しも海に憧れる。

海は男たちを陸での束縛から解き放ちながら故郷への郷愁を醸し出し、さまざまなドラマを描き出す。

その典型はホメロスが描いたオデッセイ伝説だ。初めはトロイに連れ去られたヘレネを取り戻すために、次には放浪の果てに最愛の妻のもとに戻るために危険な航海をし、その末に家に戻ると美しい妻に言い寄っていた男たちを強弓で射殺してしまうが、その途中妖しい歌声で船乗りたちを誘っては殺す魔女たち、サイレンのいる海峡を過ぎる時、その誘惑の声を聞くが、体をマストに縛りつけ魔女の誘惑に耐えても見せる。

オデッセイ伝説が証すように、海は男にとって危ういが故に堪《たま》らぬ魅力を湛えている。だからこそ男は海に憧れ、海を嫌う男は滅多にいはしない。

しかし、哲学者のプラトンだけは海を嫌っていた。彼は海を哲学の敵とも見なしていた。それは海には彼が執着する秩序が存在しなかったからだという。それはそうだろう。海ほど不可知に満ちているものはありはしない。

私たちヨット乗りが海に魅かれるのは、海では何が突然起こるかわかりはしないからだ。はるか上の空を前線が過ぎた後、突然真逆な方角から吹きつけてくる強風。それにあおられ横倒しにされるヨットの上で、慌てふためき必死に船を立て直そうと悪戦苦闘する時、ヨット乗りたちは海の本性を悟らされ、ようやく立て直した船の上で再生の醍醐《だいごみ》味を味わい尽くすのだ。それはこの世に満ち満ちた不条理の克服の悦楽に他ならない。

あるいは日頃見ることのない水域に突然姿を現して膨れ上がり、水の壁をつくって行く手を阻む巨きな潮目の壁は、人間の計り知ることの出来ぬ地球の蠢《うごめ》きの神秘を悟らせてくれる。

そうした不可知に満ち満ちた海を乗り切った時の充足感は生命の再生を予感させてくれる。そうした満足は陸の上では滅多に味わうことなど出来はしない。

いつかの小笠原から三崎までのレースで真逆の突風にあおられ、船が横倒しになった時、ウォッチのオフで寝ていたバースの逆側の棚から、しまわれていた物が次々に私に向かって落ちてくる様がいかにも不思議で、それらの物が生き物のように私を目がけて飛びかかってくるように思え、飽きることなくそれに見入っていた。あれは海でしか味わえぬ、一種の宇宙体験のようなものだった。

海では陸の上では起こらぬ非現実な事象が往々現実となって出現する。それが海が海たる本性なのだ。だから、それを目にしても文句も言えぬし逆らえもしない。

その到来を人間たちは黙して受け止めるしかありはしない。それは海を嫌ったプラトンではないが、ただ黙して受け入れるしかありはしない。

真逆な方向から突然吹きつける強風。年に数少なく現れ、船の舵も利かぬほどの強い潮の流れ。ある時はそれに乗って流されるがまま、石廊崎から爪木崎まで数ある暗礁を縫って流され、普段の時間の半分足らずで危険な航海を成し遂げた奇跡。かと思えば伊豆の利島と大島の間に突然現れ、膨れ上がって行く手を阻む巨大な潮目。その縁は岸壁に似て一メートルほども立ち上がり、追っ手の帆を張っていた船は避ける術もなくそのまま水の壁に衝突し、船の舳先《へさき》から船尾まで波に洗われ、なんとか化け物みたいな潮目を乗り切りはしたものだったが。

初めてのトランスパックレースで、時化《しけ》で泡立つモロカイの海峡を過ぎる時、我々を迎え入れた狭い海峡で、船のすぐ脇の海から濃く太い夜の虹が七色にそそり立ち、手を伸べればその虹に触れることさえ出来た。あれは幻覚に似た紛れもない現実の光景だった。

そうした体験の積み重ねが培ってくれるものは人生の過程で到来する不本意、不条理、不可知への耐性であって、他の何よりもの人生における教訓に他なるまい。

あの高名な哲学者プラトンがそんなに海を嫌ったというならば、一度私のヨットに乗せてやり、海の不条理について悟らせてやりたかったものだ。そうすれば彼の哲学はもっと深遠なものになり得たに違いないが。

# 男の一物

　動物は子孫の存続と繁殖のための性器をそれぞれ備えているが、特に人間の場合には他の動物と違って発達した脳の働きがあり、脳に情報を伝える目や鼻や耳といった五感の働きもあって、他の動物たちよりもそれぞれの性器への関心は強いものがある。

　特に男の性器は外面性が強く、女のそれは内面的で、男のそれは目による関心の対象になりやすく、己の持ち物と他人のそれとの比較がしやすくて、その結果さまざまな心象をもたらしやすい。

　それは自分のそれと他人のそれとの色や形の違いがもたらす心象だが、

女同士の場合にはあまりそうして自他の持ち物の比較による心理の葛藤は存在しないに違いない。せいぜい乳房の形や大小に関してだろうが、男の場合はその形よりも持ち物の大小が気になってしかたがない。

それは一種のマッチョに関わる意識で成人してから、あるいはその以前、まだ女を知らぬ、つまり童貞の頃の自分の持ち物についての相対的な不安は共通したことに違いない。

と言って、その解消のために誰か親しい仲間に頼んで己のそれとを比較してもらうわけにも滅多にいかず、成人となるにつれてさまざまな機会に他人のそれと自分のそれとの比較の機会が増えるものだ。

持ち物の巨きな男が男として優れているという公理があるわけもなく、私の親しい仲間のある男もそれを自慢にしていたものだが、学生時代に私と一緒にした旅行先で知り合った京都の女子大生に片思いしてふられてしまい、それがよほどショックで自殺未遂までしてしまったものだ。彼が自慢の持ち物をひけらかして彼女に迫ったかどうかはしれないが。

その男の持ち物の立派さを知らされたのは、彼と同じ運動部の合宿で誰かが持ち込んだエロ写真を眺めて全員が興奮勃起し、立ち上がったペニスに濡《ぬ》れた手ぬぐいをかけて部屋を何回回れるかという他愛ない遊びで、仲間の持ち物と自分のそれとの相対的な比較が出来、まあ一応の安心も出来たものだった。

その時、私がショックを受けたのは折から来てい、長身で痩せていた私にその体つきを利用しての、禁じ手の三角絞めを伝授してくれたある先輩が、その仲間内のショーを眺めた後、何故か私一人を物陰に呼び出して私の性器を見せろという。怪訝《けげん》だったがしかたなしに下着をずらして露呈したら、彼が私の持ち物をしげしげ眺めて声を潜め、

「お前、いつどこで蠟燭《ろうそく》病をやったんだ」

と質してきた。

私は驚いて否定したが、実は高校生の頃、父が生前に私の酷い包茎を心配していて、いずれ大きくなったら手術をして治させなければと言っていたそうで、高校生の頃のある日、いつもお世話になっている盲腸の手術も受けた外科に行くのが恥ずかしく、本で調べたらごく簡単なものだと知って町の耳鼻科に行って相談したら、そこでも出来ると言われ手術を受けたのが間違いで、術後の処置が杜撰《ずさん》で傷口が化膿《かのう》してしまい、酷いありさまになってしまった。慌てて行きつけの外科に行ったら、化膿の跡がひきつれてケロイドみたいになっていたのを見た老先生にひどく叱られたものだった。

件の先輩はそれを見咎めて質してきたのだろうが、それにしても東南アジアに多いという、最後には蠟燭が溶けてなくなるように肝心な持ち物が消えてしまうという病について知っていて、私を見咎めてくれたあの先輩も商社勤めでアジアを遍歴してきたというから怪しいものだ。

私は他の男と男としての持ち物に見とれて感心し、間接的に触れたことが一度ある。汗かきの私は夏になると湯上がりに体にタルカムパウダーを塗りたくるが、局部にもパウダーをまぶして汗を抑える度にあのことを思い出す。

縁あって東宝の企画の顧問をしていた若い頃、ホンコンでの東宝の映画祭に行った時、日本よりはるかに安いゴルフのセットを購入し、支店長と一緒にコースを回り、上がってきてシャワーを浴び着替えていたら、同じスタッグのロッカールームでクラブのメンバーらしい巨きなインド人が素っ裸で全身にタルカムパウダーをまぶしていた。ホンコンでは有名な金持ちだそうで支店長が私を紹介してくれたら、その相手が見れば股間の巨大な一物に存分にパウダーを塗るためなのか、両手でペニスと睾丸《こうがん》を抱えて宙に放り投げながらパウダーをまぶしていた。

紹介された相手は愛想よく大声で笑って歓迎してくれ、抱えて持ち上げていた巨きな持ち物を手から離し、粉だらけの手を差し出してくれたが、私としては呆気にとられ、相手の股間に目を凝らしながら粉だらけの相手の手を握り返さぬわけにいかなかった。

# スタッグ

昔、建て替える前のホテルオークラの一階の横にオークルームという名の男子専用のサロンがあり、女人禁制の部屋で好き勝手な会話が出来たものだった。

ある時、私が仲間を待って一人で片隅に座っていたら、横の一角でアメリカ人の男たちが日本人の私を無視してかなりきわどい猥談《わいだん》をしていたものだった。その中での冗談の落ちが私にも理解出来たのでつられて笑い出したら、彼等が私を振り返りウインクしてきて、中の一人がボーイに命じて私に一杯奢《おご》ってくれたものだった。あれはなんとも洒落ていい雰囲気の出来事だった。

しかし、女権拡張とかで女たちから文句が入り、あのスタッグのサロンは取り止めになってしまった。馬鹿な話だ。女たちの好きなお喋《しゃべ》りの長話に加わりたいとは夢にも思わぬが、女だって女だけの男の入れぬ世界を持ちたいに違いなく、多分それは男のそれよりも凄まじいものに違いない。

スタッグの良さは、男には女たちにはわからぬ、というより感じ取れないいろいろな共感が在るということを短くとも、しみじみ感じ取れるところだ。

私は一度ある時あるバーで見聞きしたことで、それをしみじみ感じ取らされたことがある。そして、それを私自身も好きな短編に仕立てて書いたことがある。

寒い冬のある日の夜遅く、時々立ち寄る、年配のバーテンダーともう一人の若いスタッフしかいないスタンドバーに行った時、後からやってきた年配の男の客がもうかなり酔っている風情だったがかなりのピッチでウイスキーを飲み干し、その揚げ句に何か独り言を言いはじめ、その内に自分の右手をカウンターに叩きつけ、弾みに新しいグラスを壊してしまった。

文句を言いかけるスタッフをバーテンダーが制して荒れかけている客に何か話しかけると、男は何度も頷き返し、やがて呂律《ろれつ》の回らぬ声で何か答えるとストゥールから立ち上がり、よろめきながら雪の降り出した店の外に出ていってしまった。

「あの人、また新しいグラスを壊しちまいましたよ」

口を尖《とが》らせて言うスタッフに、

「いいんだよ。あの人にはあの人の訳があるんだからな」

諭すようにバーテンダーが言った。

「どんな訳があるのかね」

質した私に、

「私はよく知りませんがね、店の古いお客から聞いたんですが、あの人、昔は有名なテニスの選手だったそうですよ。ウインブルドンでですか、かなりいいところまで行ってね。しかしその後帰ってから自分で運転していて起こした事故で、肝心の腕に大怪我をしてね。その時、奥さんが巻き添えで亡くなったそうです。でも、今でも向こうでの試合の時の夢を見るそうで、その中では怪我で駄目になった腕が立派に動くそうでしてね。全く人間にはいろいろありますな。特に男にはね。こんな店を構えていると男のお客からはいろいろ聞かされるもんですよ」

確かに男には猥談以外にも、女を外して男にしか話せぬことがありそうだ。それがスタッグの良さに違いない。

男だけの会話に駆られ、私なりの義侠《ぎきょう》に燃えて友達を助けたことがある。

大学時代からの親友の伊藤という男がシチズンのヨーロッパ支配人をしていたが、この男の辣腕でたちまち向こうでの販売網が広がり、素晴らしい業績を上げたものだった。それを見込んでアメリカのある企業が新規に時計の製造を始めるつもりで彼のスカウトを試みたが、彼は本社への忠誠心で断ってしまったそうな。

彼の根拠地ハンブルクを所用で訪れた時、ついでに彼の会社を訪れてみた。折しも彼の部下のセールスマネージャーたちを集めての販売会議の最中で、私は部屋の隅で彼の挨拶というよりも演説を拝聴したが、学生の頃の気弱で神経質な様子は一変して、その語気といい、身振り手振りの演説はさながらヒットラーを思わせる迫力だった。

その後、二人で彼の部屋でお茶を飲んだ時、彼が照れながら、

「ああでもしないとドイツ人は本気で動かないんだよな。俺は連中の性格をつかんでヒットラーの真似をして彼等の尻を叩いているんだよ」

肩をすくめて言ってみせたものだった。

しかし、それは責任を負った男としての見事な変貌だった。ヒットラーはある意味でかつてはドイツを救い破滅させもしたが、何を真似ようとも私の親友だった男は男として変貌し、会社を見事に持ち上げたのだ。彼はいささか照れながらも自分の努力の成果を披瀝《ひれき》していたが、それから間もなく彼から電話がかかってき、くぐもった声で、本社から外地での年季が明けたので帰国せよとの連絡があり、帰国した後の役職は何とただの外国部の副部長だという。

「あいつら何を考えているのかなあ」

溜《た》め息をついて慨嘆する彼の声を聞いて、私は即座に、

「そんな会社は辞めちまえよ。お前の育てたセールスマネージャー全員を連れて、例のオファーのあったアメリカの会社に移ってしまえ」

と建言したものだった。

それでも腹の虫が収まらずに連載中のある雑誌に私の建言も含めて彼の会社の不見識を書いてやった。その効果はあって帰国後の彼への待遇はがらりと変わって準執行役員になったそうな。私としても自分の刀の切れ味にはいちおう満足したものだ。

あの出来事も男同士のいわばスタッグの人生での味わいだったと思う。

# 挫折と人生

どんな優れたアスリートでも歩いていて躓《つまず》いて転ぶこともある。順風満帆の人生にもどこに落とし穴が構えられているかわかったものでありはしない。それが人生の味わいというものだ。

幼い頃はよく風邪を引いたが、盲腸の手術をして以来、さしたる病に冒されたこともなしに物書きとなり流行っていた時、私に読売新聞からベトナム戦争のクリスマス停戦の取材の依頼があり、日本の冬の寒さに比べればベトナムは南国だから暖かくて、場所によっては海で泳げるかもしれぬと呑気《のんき》に引き受けたものだった。

折から私は読売新聞の連載小説を引き受けていたので、決して危険な所へは行かぬという約束で出かけたが、物書きの好奇心からして抑制が利かずに、ある時は海兵隊の待ち伏せ作戦にまで同行し、雨の中でポンチョ一枚身にまとっての恐怖と緊張の一夜を過ごしたりしたものだった。

そうした心身共にの緊張と疲労のせいで激しい下痢に見舞われ、その間に肝炎を罹患《りかん》し帰国後発病し、半年の静養を強いられてしまった。その間、畏友の先輩三島由紀夫氏から、これを千載一遇の機会と心得てじっくり静養し人生について考え直せと有難い忠告の手紙をもらい、その気になって沈思黙考の末、ベトナムの惨状に比べて能天気な日本の国家としての末を思い、政治に参加する決心をしてしまったものだった。

その結果、私が得たものと失ったもののいずれが大きかったかは俄《にわ》かには言えぬが、あの厄介な病にかかった挫折が人生の節目だったことには違いない。

挫折を一種の敗北と捉えるならば、それは肉体の激しいトレーニングに似て、その男をともかくもより強く仕立ててはくれる。スポーツの世界での強い相手に敗れるという体験は次の試合への発奮と工夫を培い、体の内に新しいエネルギーを蓄えてくれる。

今までどうしても勝てなかった相手をついに倒した時の達成感は、何ものにも比べがたい熱い爽快感で全身を包んでくれる。あのエクスタシーを何に譬《たと》えたらいいものだろうか。

ヘミングウェイは「勝者には何もやるな」と名言を吐いたが、肉体を懸けた試合での勝利というさわやかなエクスタシーはそれを味わった者にしかわかりはしない。

だいぶ前のことだが、今でも一番人気の「花の大島レース」と呼ばれる例年、葉山発で初島を巡り、さらに大島を回るレースで連勝していた『シレナ』という名艇があった。

このレースの途中には風道を変える真鶴半島があり、さらに伊豆半島の東岸に沿ったいくつもの入り江が並び、それに向かって吹き込む伊豆半島の高峰天城からの吹き下ろしが岸によって微妙に風を変え、さらに伊豆半島の先端から岸に沿って北上する黒潮の分流があって、初島を回航した後、どの辺りで海峡を横断し大島に取りつくかが微妙なコース取りになる。

私はこのレースで連勝していた『シレナ』というヨール形の船になかなか勝てずにいたものだった。あのヨール形の一本多いミズンマストを真似て、こちらも仮のマストでも立てようかなどと他愛ないことまで考えたが、ある年のレースでゴール寸前の海域で彼等と出会い、際どいタックの応酬の末、ついに相手を押さえてファーストフィニッシュした。

その瞬間、私は手にしていた舵を手放しクルーに任せ、顔を背けて泣き出したものだった。そんな様子を見られたくなくて船首でセイルの取り込みをしている仲間に声をかけに行くふりをし、デッキを伝って歩きながら辺り構わず声を洩らして泣いていた。そうしたらバウのデッキで帆の取り込みをしながら泣いていたクルーが何人かいたものだ。

あれは大袈裟《おおげさ》に言えば、人生における再生の一瞬だった。

「そうだ、今の俺には何もいらない。もう何もほしくはない」

と叫びたい気持ちだった。あの時の充実感は忘れられはしない。

挫折の末の再生の醍醐味は、男の世界にだけある人生からの贈物かもしれない。

# 初体験

人生の中で初めて味わう出来事は何にしろ強く記憶に残る。

その最たるものは異性との初の性体験だろうが、不思議なことにこれは長じて経験を重ねると有難みが薄れて印象も薄れてしまう。離婚再婚が当たり前の外国では初の性体験の意味合いは我々とはかなり違ったものだろう。

しかし長じて大人となり、社会に出た人間にとっての初体験なるものはいろいろあろうが、それはそれなりにその人間の人生を場合によっては規定もし、時を経てもなお人生の飾りものとして心に残るに違いない。

そう思ってみると私の人生にもいろいろある。私の人生なるものは物書きとしての出発点からして恵まれていて、その後もいろいろな人との出会いがもたらしてくれた幸運が生んだ奇跡みたいな出来事の中での初体験は数多く、思い返してみると今でも胸が熱くなる。

しかし今この齢になれば、どう努めてもすべて反復不可能な懐旧でしかありはしない。つまり昔、私が自作自演のミュージカルのためにつくった歌の文句のとおり、「みんな昔のブルースだ」でしかありはしないが。

しかしそれでもなお、それらは反復不可能なるが故に堪らなく懐かしい。

私が生まれて初めて訪れた外国はスクーターのキャラバンで中南米を走った起点のチリで、そこで初めて抱いた外国女はチリの大使館秘書リッチバレリーノという気のいい美人だった。大使公邸に寄宿していた私としては彼女を外へ連れ出すしかなく、散歩に出た冬の公園の冷たい石のベンチで抱き締めたものだった。それから先の長旅はどこへ行っても大もてで、隊員四人の学生の内の三人は童貞だったが、彼等はすべてチリで初体験をして男となった。

しかし印象に深い私の初体験の多くは海の上の事で、これは陸の上ではあり得ぬ出来事ばかりだった。そしてその多くは命にも関わりかねぬ出来事だ。

その一つは海の上での雷との出合いで、何故か雷は船のマストには落ちたことがなく、みんな周囲の海に向かって飛沫《ひまつ》を上げて突き刺さるのだ。その間、電気は辺りに満ち満ちて身をすくめる私たちの髪の毛は電気を帯びて逆立ち、目の前のコンパスは強力な電気を感じて狂い、クルクルと回り出すのだ。そしてあれは落雷に付き物のセントエルモの火と言うそうだが、頭上のマストの天辺《てっぺん》からは仄《ほの》かに青い火が立ち上がる。

それからさらに強風の下で巨きな帆のスピンを無理して上げ、舵引きを下手すると船がキールオーバーして横転してしまう。ウォッチの連中は上に残し、デッキに繋がるハッチを閉めてキャビンで息を殺して様子をうかがう者たちに、横転した船の上側の棚からいろいろな物が落ちてくるのだが、逆の側の寝台に寝ている者には目の錯覚でそれらの物が何か怪しい力の作用で飛び出してくるような気がして面白く見飽きない。あれは命がけで眺める手品とも言えそうだ。

ともかく海の上には思いがけぬ初体験が満ち満ちている。だからこそ海は海なのだ。比較的平穏なトランスパックレースででも思いがけぬ体験を何度も味わわされたものだった。

それはレースの何日目かの夜に見つけた不思議な星で、かなり明るい星が目を凝らして眺める間に何故か赤と緑に色を変えて瞬くのだった。

それと貿易風に乗って時々スコールをはらんだ雲がやってくるのだが、裸になってシャワーを浴びるつもりで待ち受けていても数多い雨雲がどれも何故か素通りしてしまい、雨を浴びる代わりに海一面に小さな虹が立ち込め、船はその虹の林の中を縫って進む始末だった。

それと貿易風に乗って走る穏やかな海に突然巨きな三角波が立ち上がり、船に衝突して水面から一メートルほどのコックピットに躍りかかり、シャワーの代わりに海水を頭から浴びせかける。あの、どうにも理不尽な出来事には驚き腹を立てたものだが、あれもまた太平洋という世界一の海の偉大さを証す出来事で、我々のいる赤道に近い海からはるかに遠い北のアリューシャンの海で発生した嵐のつくった大波が、この南の海までやってきて貿易風のつくる波とぶつかり、突然あの厄介な三角波をつくり、ヨット乗りを驚かすのだそうな。

あれもまた、太平洋を小船で渡る者への太平洋ならではの洗礼というものだろう。

先日、あるテレビの企画として、どこかで夜の虹を撮影するために右往左往するスタッフの番組を見たが、確かに夜の空にかかる虹は珍しかろう。私は初めてのトランスパックで図らずも巨大な夜の虹を見ることが出来た。あれはナビゲイターを努めた私の大ミスで、天測に使う時間をレースで使われている太平洋夏時間を忘れて地上での正規のグリニッジタイムで位置を測っていたために全く船の位置がつかめず、右往左往してカウアイ島に向かってしまい、島の灯台でようやく船位がつかめ、慌ててジャイブ反転してラフなモロカイの海峡に突入した時、沸き立つ潮波の中から折からの満月に照らされて船の間近に巨大な虹がそびえ立ち上がり、船はまっしぐらにその下を掻い潜り、ホノルルを目指したものだった。

あれは神秘と言おうか劇的と言おうか、輝く虹の下を潜る瞬間、頭上に輝く虹はその光で虹の門を潜り仰ぐ私たちの影を、踏みしめるコックピットの床に鮮明に映し出してくれたものだった。

あれはあの年のトランスパックレースに参加していた多くの船の中で、ナビゲイションの失敗で後れをとった私たちの船だけが目にすることの出来た、海の上ならではの奇跡の初体験だったろう。

何にしろ人生の中でのさまざまな初体験なるものは、懐旧のアルバムの中で年を経れば経るほど光り輝いて人生の喜びを伝え直してくれるものだ。

それにしても齢はとりたくないものだな。これからどんな初体験があることやら。

# 自然現象との関わり

人間誰しも陸の上に住む限り、空や海がもたらすさまざまな自然現象の、これまたさまざまな人生への余波を受ける。それ故にも自然現象への人さまざまな好き嫌いや好みがあって、それが人生への味わいをもたらしてくれる。

私が好きなものの一つは夜の終わりを告げる薄明だ。仕事の興が乗れば一晩費やして長い物を書き上げてしまうことがあるが、書斎の外が明るく感じられ、カーテンを払ってみたら太陽の気配を感じさせる薄明で、それを目にした時の疲れを上回る充足感は物書きならではのエクスタシーと言えそうだ。

それよりも何よりも冬場のオーシャンレースで寒さに身を縮めながら皆してハイクアウトしながら頑張り通した頃、東の空がかすかに白み、ようやく長く冷たい夜が終わり、間もなく懐かしい太陽が暖かい光を射してくれるという蘇生への全身痺れたような期待のときめきは、誰も好まぬ凍った真冬の海にわざわざ身を晒すヨットマンにしかわからぬ一種の再生感のときめきなのだ。

それともう一つ私が好きな自然現象は霧だ。立ち込める霧は町を覆い隠し、非現実な世界を出現させてくれる。霧の中を歩いていると、この自分一人だけがすべての俗事から遮断され、本当に孤独で自由になった気がする。そして霧の中でなら何か思いがけない出会いや出来事に行き会える気もするが。

何年か前、夜遅くまでラジオの仕事をして局から出てきたら濃い霧が出ていた。私はこの霧の中でなら何か不思議な出会いがありそうな気がして、かなり離れたホテルまで歩いて帰った。そして小さな奇跡が起こったものだった。霧の中で思いがけなく懐かしい二人の友達に出会ったのだ。

一人はその夜タイトルへの挑戦権を懸けた試合に際どい差で敗れた、よく見知りのボクサーだった。面ずれのしていない男っぽい顔の歯切れのいい彼の戦いぶりが私は好きで、彼の負けはしたが気持ちのいい戦いぶりのある試合をコラムで絶賛してから彼との友情が芽生えたものだった。

際どい試合の憂さばらしで彼はどこかのバーで酒を飲んだらしく足どりが怪しく私がそれを注意すると、彼は感謝しながら今夜の試合の自分のミスを少し呂律の回らぬ口調で言い訳し、次の試合には必ず勝ちますからと誓ってみせ、私はその肩を叩いて励まし、彼は少しよろけながらも霧の中に消えていった。

見送りながら何故か私も酒がほしくなって帰る道の途中のバーに立ち寄ってみたら、そこにも思いがけず同窓の友達がいたものだった。彼はもうすでにかなり酔ってい、手掛けていたある外国との大きなプロジェクトが時の政府の外交の指針に抵触するので頓挫させられることになったと突然私に嘆いた。そのプロジェクトは将来必ず国家のためになる筈のものだったのに、外交に気兼ねした役人の横槍《よこやり》で事は挫してしまったそうな。

「ああ俺はやめるぞ、サラリーマンなんぞもう嫌だ。俺は田舎に帰って百姓になってやる。この国なんぞどうなろうとかまうもんか」と喚いたはずみに、彼は腕でカウンターの上のグラスを払い落としてしまった。かける言葉もなく、私はただ彼の肩を叩いて別れを告げ店を出てきた。そして表にはまだ濃い霧が立ち込めていた。

その霧をかきわけるような足どりで歩き出しながら、この現実を覆い隠してくれる霧が何故か無性に懐かしく、胸いっぱいに湿った夜気を吸い込んでみた。だから私は霧が好きだ。しかし何故かこの頃は気候の変動のせいか、都会では霧を見ることがなくなってしまった。

私の最高の霧の体験は初めて参加した第一回目のサウスチャイナレースで、スタートの夜に濃い霧が出た。それでも風はかなりの追っ手で、船はフルセイルで五ノットの速度でまっしぐらにゴールのマニラを目指して走っていった。

夜半ウォッチで舵を引いていた私が尿意を催し、ティラーを固定し船尾で用をたそうとして立ち上がったら、立ち込めた霧の中にコンパスのわずかな明かりに照らされて、私の体の影が船を包んだ霧の中に手を伸べれば触れそうにしっかりと立ち上がって見えたものだ。

霧の中に私以外の私が私の間近に在って見えた。あれは何と言おう非現実な現実で、立ち込める濃い霧の中で私はもう一人の別の私自身を肌で感じ取ることが出来ていたのだ。

そして何故か目の前のもう一人の私が懐かしく、そんな自分に触って確かめたく手を伸べて霧の中の私の影に触ってみた。斯くして霧の中に立ち尽くしている私の存在は濃い霧のかすかに濡れた感触が確かに伝わってきたものだ。

私にはそんな別の私が何故か無性に懐かしかった。

やがて夜が白み、それもまだ立ち込めている濃い霧の中から突然巨きな船の影が現れ、行く手に立ちふさがり、気付くと巨大なジャンクだった。さては辺りの海に多い支那の海賊かと恐れたが、家族ぐるみを乗せたホンコンの漁船だった。

彼等は私たちを霧で迷ったホンコンのヨットと思ったのか、しきりに今来た方角を指差し「ホンコン、ホンコン」と叫んでくれ、我々は逆を指差し「マニラ、マニラ」と叫び返したものだった。

そして、そのジャンクとすれ違った後間もなく、私の船は一面に海蛇の沸き上がった水域に突入したものだ。それは生まれて初めて目にする異形の海だった。中の巨きな蛇などは丸くて滑るヨットの船体を這い登ろうとしてみせた。私たちが彼等海蛇の姿を見なくなったのは太陽が昇り、ようやく霧が晴れてからのことだったが。

それにしても霧はつくづく思いがけぬ出会いをもたらしてくれるものだ。だから私は霧が懐かしく大好きだ。

# 男の気負い２

　ひと昔前まで大学のＯＢたちが集まって日比谷公会堂で開かれる『日本寮歌祭』なる催しがあった。いつも大盛況で、各学校のＯＢたちがノスタルジーを込めてそれぞれが青春を過ごした寮での貧乏生活を思い出し熱唱したものだが、いつの間にか廃れて廃止となった。その理由は寮歌に込められた気負いが当節の世の中ではもはや陳腐なものに成り果てたということらしい。

　しかし気負いという心の高ぶりは傍から見ればいささか滑稽でもなかなかいいもので、ある種エクスタシーを催させてくれる。その最たる文句は

「尾張名古屋は城でもつ　天下の我高俺でもつ　そいつは剛毅だね」で、寮歌のほとんどはこの種の気負いの上に成り立ち、作成されたものだ。それが高じれば「人生意気に感じれば共に沈まん薩摩灘」などという若き日の西郷隆盛さんと僧月照との抱き合い心中未遂にもなりかねない。

しかし、気負いのない男の人生など味気ないもので、傍から見たら僭越《せんえつ》滑稽と思われても自ら心に秘めて事に向かう姿勢こそが人生を切り拓いていくのだ。自分で自分を見下し、高をくくってしまったら、人生で何が新しく拓けてくるものでもありはしまい。

織田信長に滅ぼされた尼子の家の再興を図って艱難辛苦《かんなんしんく》した山中鹿之助は、伝説によれば三日月に祈りを捧《ささ》げ、お家再興のためには命を懸けて努めますので「我に艱難辛苦を与えたまえ」と願ったという。それを読んで子供心になんとも格好がいい昔の侍に憧れた私は、次の夜から彼に真似てお月様に手を合わせ、「我に艱難辛苦を与えたまえ」と祈ってみたが、途中で怖くなって止めてしまった。

彼みたいに苦労の揚げ句願いが叶わずに川のほとりで騙され、後ろから斬られて死ぬのはどうも割に合わない気がしたものだから。


気負いというのは人生のスパイスの如《ごと》きもので、何かに触発されてのある種の「覚悟」とも言える。そうして思い立った願い事が達成された時の充実感は他に代えがたいもので、それこそが人生の醍醐味と言える。

私は旧制の中学時代にサッカー部に入って練習に励んだものだが、一年経って試合のシーズンが始まる頃、いつもはあまり練習に来ない男が急に顔を出すようになり、その男は無類にフットワークが良く、結局その男にレギュラーをさらわれてしまったものだった。さらに一年経ってその年の試合のシーズンの前の練習で私は神に祈って気合いを入れ、相手の足を折るつもりでタックルをかけ続け、奪ったボールを背後で鳴るホイッスルを無視して一人でドリブルし続け、反対側のゴールに蹴り込んで引き返してきた。

その後キャプテンがポジションの発表をする時、私は絶対にこの俺がレギュラーに入れることを確信していたが、はたせるかな彼がライトハーフに私の名を挙げた時、会心の思いで手を握りしめていたのだった。あの時の澄み切った心の充実感は激しい気負いのもたらしてくれた人生の境地だったと思う。女の本性はわからぬが、気負いは男が男たる、ある種の証しに違いない。

私の好きな日本人の一人に、日露戦争での壮烈な戦死の様から軍神と称えられた広瀬武夫中佐がいるが、ある人の手になる名著『ロシヤにおける広瀬武夫』を読むと、日清戦争の後やがては敵対するであろう大国ロシアのサンクトペテルブルクに駐在武官として赴任した広瀬が祖国日本を背負った気負いの自覚で活躍する様が、なんとも美しく心を打つ。

その青年らしい気負いの姿は国境を越えてロシアの貴族社会でも人々を魅了し、ロシア海軍の水路部長を務める伯爵の美人の娘アリアズナの心を捉え、一時二人は国籍を超えての結婚までを夢見るようにもなる。

やがて戦が近づき、彼は恋を捨てて単独馬に乗り、ロシア大陸を横断して敵情を視察して帰る。そして日露戦争となり、彼は敵の太平洋艦隊の立てこもった旅順の港の閉塞戦の指揮を執り、一人行方の知れぬ部下の杉野孫七兵曹長の姿を探し回り、ついに諦めて引き返すボートの上で大砲の弾の直撃を受け、一片の肉を残してまさに玉砕する。その壮烈な戦死の様は世界中に報道され、彼の遺影は外国で絵葉書にまでなった。

そして彼の戦死の様を聞いたかつての恋人アリアズナは失神して倒れ、以降一年の間、彼の死を悼んで喪章を身に着け放さなかったという。

「轟《とどろ》く砲音　飛来る弾丸　荒波洗う　デッキの上に　闇を貫く　中佐の叫び

『杉野は何処《いずこ》　杉野は居ずや』」

私たちが愛唱したあの歌の主人公は、その若者らしい初々しくも国を背負った気負いの姿で国境を越えて多くの人々の心を捉えたものだった。

まさに「この日本は俺でもつ」という気概を備えた若者が今どれほどいることやら。

そうした高貴とも言える気負いと気概は、ある瞬間には体を張るという捨て身の覚悟の上にのみ成り立つものではなかろうか。

# 男の意地　国家の意地

女の意地というのはあまり聞かないし、女にも女なりの心意気というものはあるのだろうが、意地を構えての突っ張りはやはり男ならではのものだろう。傍から見れば何を馬鹿なと言われる所行はやはり男の世界の物事だろう。それで損をしても心の隅である納得がいけば男の心は晴れる。それが男のマッチョということだ。

だから昔から流行歌の文句に男の意地はさまざまに歌われている。「やると思えば　どこまでやるさ　それが男の　魂じゃないか」とか「何も言わぬが　笑って見せる　あゝ　これが男と　言うものさ」とか切りがないが、女はそれを聞いてもさしたる共感は覚えはしまい。傍から見れば「なんでそんなことを」と言われそうなことでも、それをやる男自身の胸の内での納得があれば男は立つということだ。

ある時、それは我慢であったり危うい愚行であったりもする。男も大人になれば世才に長《た》けてきて、あまり突っ張って意地を通すということも少なくなるが、世間知らずの少年時代には意地の突っ張りはよくあって、大人になってみれば思い出してつくづく懐かしい。

私は海軍兵学校の予備校みたいな湘南中学の生徒の軍国少年だったから敗戦が悔しく、住んでいた逗子の町の海軍弾薬倉の管理に大勢乗り込んできたアメリカ兵が目障りで堪らなかった。

敗戦直後のある日、下校して駅に降りたら電車に乗っていたアメリカ兵が窓から私たちに向けてチョコレートやガムを投げて与えた。仲間たちはそれを争って拾ったが、私は「やめろ、そんなこと」と叫んで加わらなかった。その後ばつの悪かった仲間の一人が拾ったチョコレートを半分折って私に押しつけた。私は知らん顔で別れたが、家に帰る途中、手にしていたものがどうしても気になって堪らず、回り道をして人気のない道を選び、誰もいない辺りで手にしていたものを口に入れてみた。握られたまま半ば溶けかけていた敵のくれたチョコレートは鮮烈に甘く美味《おい》しかった。そして、しみじみ「ああ、日本はやはり負けたんだな」と思った。

それからしばらくして敗戦の翌年の九月頃、下校して家まで歩いて帰る途中の町のささやかな商店街を二人の若いアメリカ兵がアイスキャンディをしゃぶりながら大手を振って歩いてくるのに出会った。買い物に来ている奥さんたちは皆軒下にこわごわ身を潜めていた。彼等はそれが愉快そうで肩をそびやかして道の真ん中を歩いてくる。私はそれが癪にさわって、私も彼等と同じ道の真ん中を知らん顔で歩いていった。

そうしたらすれ違いざまに相手の一人がいきなり手にしていたアイスキャンディで私の顔を殴りつけた。溶けかけていた氷が飛び散っただけだったが、狭い町とてそれが評判になり、次の日の朝電車に乗ろうとしたら互いに顔見知りのおじさんたちが心配して声をかけてきたものだった。噂では私がアメリカ兵に殴られ大怪我をしたらしいとのことだった。

しかしそれがどうしてか学校に伝わり、しばらくして私は教頭と数人の教師に呼び出されて叱責された。彼等の言い分は、なんでそんな馬鹿をするのか、学校に迷惑がかかったらどうする、ということだった。私は腹が立って「あなた方は一年前までは立派な海軍士官になってお国のために潔く死ねと教えていたではないですか」と反論したら、どの教師も鼻白んで顔を背け、物を言わなくなってしまった。

その時、僧籍がありながら兵隊に駆り出され戻ったばかりの清田という先生が皆をとりなして下がらせ、私と向かい合い、

「お前なあ、戦に敗れるというのはこういうことなんだよ。敗れた限りは耐えなくちゃならないんだ。お前も俺も同じように辛いんだ。しかし我慢だ、今に見ていろと耐えるしかないんだよ」

肩に手をかけて言われ、私は初めて素直に頷いたものだった。

ああした経験は身に染みて敗戦とか、それを踏まえて国家なるものを感じさせてくれる。そうした体に染み込んだ原体験は長じても拭いきれずに私の人生を左右しかねぬ行動に私を駆り立てる。

例えば都知事時代に、この現代においてもなお日本に君臨しているアメリカの存在が目障りで、日本の空のほとんどを支配している米軍の航空管制権を少しでも取り返したいと悪戦苦闘してきたし、東京の横田に膨大な滑走路を占めている米軍基地をせめて半分でも取り戻したいと努めてもきた。

そうした努力はあまり報いられずにきたが、その原因はほとんどの国民がアメリカのポチに堕した我が身に痛痒《つうよう》を感じることなく、チョコレートの甘さに似た平和に耽溺《たんでき》して我が身を顧みることもなく平穏安逸に過ごしているせいだろう。

国家としての矜持、民族としての誇りを過剰に抱くのも危険かもしれぬが、私たちは個々人の意地の上に組み立てられる国家民族の正当な自負を持ち直すべき時に差しかかっているのではなかろうか。

中国の目に余る覇権主義の前に立ちすくむだけではなしに、何のためにか彼等の軍艦が多数ウロウロまとわりついている尖閣の島にせめて灯台をつくり、国家としての気概とまでいかずとも日本人の意地を灯台の明かりとして示したいものだが。

アメリカのポチと中国のポチのいずれがいいかなど考えたくもない。

# 男の覚悟

私の大学生時代、一橋大学の本館のトイレには学徒出陣で駆り出されていく先輩たちの書き記した落書きが残っていた。「俺は天皇のためになど絶対に死なない」とか、「この戦争は間違っている」などと、それは当時の私たちとそれほど齢の違わぬ青年たちの悲痛で本気な叫びだったに違いない。

理科系の学生を除くすべての学生が徴兵の対象にされ、東條英機総理が自ら立ち会い神宮球場で学徒出陣のパレードが行われ、学生服のままに鉄砲を担いだ学生たちが雨の中、大行進するシーンの記録映像を今でも目にする度、私は学生時代に目にしたあの落書きを思い出すが、学徒の身でありながら死の戦場に駆り出されていく若者たちの覚悟とはどのようなものだったのか、想像がつくようでつきはしない。

戦争という極限状況は「死」を背景にして人間を追い込むが、それでもなお人間はそう簡単に己の「死」を受け入れられるものでありはしない。戦争の悲劇を象徴していた捨て身の自爆による特攻突撃は覚悟の上にしか成り立ちはしないが、それとて容易なものでありはしなかった。

それを証すのは、前にも述べたが、特攻の最初の実行を強いられた当時軍随一の関行男大尉が相談を受けしばらく頭をかきむしって納得し、命令の撤回を拒むために上官の目の前で遺書をしたためて手渡したという挿話だ。

その時、上官が「おい関、貴様はまだチョンガーだったよな」と質したら、関は振り返りにやっと笑って、

「いやあ、この前の休暇の時、内地の田舎でカミサンをもらいました」

と答え、上官は床が抜けたように驚いたが、すでに遅かったという。

こうした覚悟はやはり男だけに強いられ、男だけが受け入れられるものに違いない。それは生き物の世界での雄と雌との関わりの意味合いのもたらすもので、生き物の種の繁殖という宿命的な主題のための条理にのっとったことで、他の動物の生態を見ても同断なことだ。

つまり、男はいつも妻のため子供たちのために命がけで事に臨むという覚悟だけは身につけておかねば、ということだ。そして、それの出来ぬ男のことを他人は、あいつは女々しい奴だ、と蔑《さげす》むことになる。それもこの世の条理だろう。

しかし時にはその逆、女が男を男として立てるために覚悟して身を捨てるという恐ろしいほど悲惨な劇もあり得る。それも特攻突撃という極限的な覚悟、ドラマの中ならではのことだろうが。

大山大尉は航空兵の教官として戦局を眺めながら若者たちに、いざという時には捨て身の特攻突撃に志願して国に尽くせと言い聞かせ、お前たちがそうするならこの自分も必ず同じようにして死ぬからと誓っていた。その言葉にしたがって多くの弟子たちは特攻を志願して死んでいった。

そして戦局がますます悪化し危機が迫ってきた頃、彼もまた教え子たちの後を追って特攻を志願したが、位が上過ぎて事例に乏しく許可が下りない。それでも彼は強引に戦場に近い基地に出かけ志願を続けていたが、それを聞いて彼の妻は夫が心置きなく思いを達することが出来るように、ある日二人の子供を連れて近くの川に身を投げて死んでしまった。その報せを聞いた彼は今夜だけは泣かしてくれと部屋にこもり声を放って泣いたそうな。

それを聞いてさすがに司令部は異例のことながら彼に特攻機への搭乗を

通信員として許し、彼ははれぱれと出撃していった。そして敵艦に向かって突入する寸前に通信席から基地に打電してきた。その電文は「我これから突入す」と。続けて死んだ奥さんの名前を三度繰り返して最後に、「お前、本当にありがとう」と。

男女の立場を越えた二人それぞれの覚悟は、連絡機の報告によれば、彼の搭乗した飛行機を見事敵艦に命中させたそうな。二人の執念の覚悟の凄《すご》さは人知を超えたエネルギーを感じさせるが。

しかし今この世のありさまの中で男が男としての、女が女としての人生の証しを示すための命がけの覚悟をしなくてはならないような事態があるものだろうか。

# 手強い相手

人生にはいろいろな競り合いがあり、それが人生を彩ってくれるものだが、競り合いにはそれぞれの相手があり、ある時にはただの相手ですまず危険な敵ともなる。平穏な現代では並の男には敵と思《おぼ》しき相手は滅多にいはしない。せいぜいが仕事の上での強かな競争相手ぐらいのものだろうが、命を懸けて争う敵と名指すような相手は滅多にありはしない。しかし、ある種の男たちにとっては命を懸けて争う敵もある。

それは鮫《さめ》という生き物だ。私もやるタンクを背負ってのスクーバダイビングは海の底という別の宇宙をさ迷うための絶好の手立てだが、それなりの危険はあり、それをこなしてもなおその先の楽しみ、海底の生き物たちを狩猟する楽しみをものにすると、その先にそれを阻む敵が出現する。それが鮫だ。

これは正しく命がけで争う敵そのもので、陸の上での競争相手なんぞと桁違いの危険な相手だ。その危険さは手強いとかを通り越して、非情かつ獰猛《どうもう》で容赦が全くない。

水中の生き物たちには人間が知覚出来ぬ通信機能があって、スピアガンで獲物を多く仕留めると獲物の上げる悲鳴を聞き取って、かなり遠くにいた筈の鮫が現れる。いつかある島で潜ろうとした辺りに鮫の姿が多く、敬遠して潮の流れの下の二キロほど離れた辺りで漁をしていたら、二、三匹の魚を仕留めた途端、さっき潮の上で目にした鮫がたちまち現れたものだった。

彼等のガツガツぶりは恐ろしいもので、いつかコスタリカの海で釣りをしていたら針にかかって引き上げたかなりの鮫を港に着いた後、船の漁師が座興にクレーンで吊るし腹を割いて臓物を海に掻き出し、吊るしていた綱を切って海に落としたら、腹を割かれたままの鮫が海に漂う自分のはらわたを夢中で食い回ったのには驚いた。眺めていた野次馬の中にはそれを見て吐いている者もいたくらいだ。

しかし水中での鮫の登場はなかなか見物で、ある距離を置いて眺めれば良い役者の登場という観もある。人間の怖い物見たさの本能をあんなに満たしてくれるものは滅多にありはしない。いつか珊瑚《さんご》海《かい》の絶海の砂島オスプレイリーフに行った時、オーストラリア海軍のつくった案内図のシャークポイントなる所で潜ったが、その名のとおりたくさんの鮫との出会いを覚悟し万全の態勢で潜ったら、たちまち二、三メートルほどの鮫が五匹ほど現れ、それを銛《もり》で追い払ったら、代わりに今度はもっと大きな連中が現れ、その一匹をポップガンで仕留めたら、今度は十メートル近い親分格の大物たちが現れ、こちらも退散したものだった。

その時、救急のボートへの連絡係として水面近くで遊弋《ゆうよく》させていた仲間の報告だと、「いやあ、眺めていたらなんとも格好よく、まるで第二次世界大戦の時のイギリスとドイツの空軍の大空中戦が始まる寸前みたいで良かったですよ」とのことだったが、私としてはあんな相手たちと一戦交えるつもりは毛頭ありはしなかったが。

鮫というのは獰猛な上に行動力の優れた動物で、その行動範囲は広大で、まさに神出鬼没だ。だいぶ以前、伊豆の新島で追い込みの漁師の一人を襲って銜《くわ》えたまま姿を消したでかい鮫は、その後はるか南の奄美大島に現れ、入り組んだ閉鎖水域の島の海で迷い、定置網に引っ掛かって身動き出来なくなって捕まった。その腹からは伊豆の新島で食った人間の骨が出てきたそうな。記念に切り取って漁協に飾ってあった鮫の顎の骨の直径は一メートル以上あった。あんな奴に人間はとても太刀打ち出来るものではない。

私は一度、沖縄の海で獲物を下げて船に戻ろうとしたら、子供を孕《はら》んで腹を空《す》かしていたハンマーヘッドに、腰にぶら下げていた獲物を狙われて付きまとわれ、不気味な思いをしたことがある。あいつらはもともと人を襲うことのない鮫だが、空腹だと何をするかもしれず緊張させられた。あいつを間近に眺めながら船まで戻る百メートルほどの道行きはあまり楽しいものではなかった。

とにかく鮫という相手はそう馬鹿にはできない代物だ。

いつかパラオの絶海の大環礁ヘレンから戻ってパラオパシフィックリゾートのバーで飲んでいたら、同行していたプロダイバー小川君の日本でのお客の一人が近づいてきて話しかけられ、足に包帯を巻いているので訳を聞いたら、その日の午後近く、海で潜っていて小さな鮫をからかったら噛まれたという。

　それなら何か薬を飲んでおいたほうがいいぞと言ったら、なに大したことはないし、薬を塗ってありますからと粋がって言ったものだった。それからひと月ほどして千葉の海で小川君と潜ったら、「以前パラオのホテルのバーで会ったあの男、どうしていると思いますか」と言うので、どうしたのかと質したら、あの翌日飛行機でパラオを出て中継地のグアムでの飛行機の乗り継ぎが遅れ、一日遅れで東京に着いたら東京は大雪で新幹線が遅れ、家のある静岡に着いた時には足が丸太ん棒みたいに腫れ上がっていて、結局片足を切断したという。悪食の鮫の歯には必ず破傷風菌がついていて、噛まれれば碌なことはないのだ。

　鮫をからかってちょっと噛まれましたと嘯くのもダイバーなりのマッチョかもしれぬが、世の中には案外手強い敵がいるものだと自覚するのも、男としての生き方を通すのに必要なことに違いあるまいに。

# 今は昔、スポーツカーノスタルジー

車、すなわち自動車なる乗り物が膾炙《かいしゃ》しすぎて自転車で散歩している人間が羨ましいこの頃だが、昔と言ってもほんの昔、昭和二十年代の頃には車はまだステイタスシンボルだった。

その頃、二人しか乗れぬスポーツカーは選ばれた、というかある種の物好き、裕福な人間の持ち物で、それを乗り回している人間にはある種のエリート意識があったもので、町中でスポーツカー同士がすれ違うと軽くクラクションを鳴らし、指を一本立てて合図し合ったものだった。しかし国産のスポーツカーが出回るようになったら、そんな合図も通じなくなってスポーツカーに乗っている手合いの気負いも消えてしまった。

当節ではその頃我々が乗っていた車の何百倍もする高価なフェラーリとかランボルギーニとかが氾濫しているが、何千万円もする車を東京の町中で乗り回し、信号が変わり轟音《ごうおん》をあげて発進しても、また信号で食い止められ、優越感のエクスタシーも味わえまい。

その点では、昔の黎明期《れいめいき》にはごく限られた仲間たちで今では不届き極まる試みを企て、幼稚なエリート意識を満喫したものだった。例えば東京のある地点から五分ごとに走り出し、途中のあらゆる信号を無視して軽井沢の仲間の別荘まで誰が一番早くたどり着くかなどのタイムレースをやったりしたものだ。あるいは、茅ヶ崎のそこだけは無信号の二キロほどの直線コースでのタイムトライアルなども。

私のスポーツカー歴は多彩で、初めはＭＧのＴＦから始まりオースチンヒーレー、ポルシェ、トライアンフと続き、やがては「キャットイズバック」なる言葉に釣られ、モーガン、ジャガーのＸＫ。最後はトヨタのレクサスのハードトップのオープンカーと続いたが、ジャガーの前のモーガンは私が日本で初めて購入したものだった。

そして、それぞれの車にはそれに絡む女友達の思い出も含めてさまざま懐かしい思い出がある。

私が一番長く愛用したのは赤色のトライアンフで、冬、戸塚のコースでの文壇ゴルフに出かけ、プレイの後ウイスキーを呷って革のジャンパーを着込み、車の屋根は開けたまま行きつけの銀座のバーに繰り込み、夜中に逗子の家まで飛ばして帰ったものだった。

銀座の一丁目のバーから家までの最高タイムは四十分だった。

小回りの利くスポーツカーだと帰りの途中、思いつきで勝手なことが出来る。ある時ふと思いついて途中の羽田空港に立ち寄り、ターミナルのバーでさらに一杯やっていたら、最終便のカナディアンパシフィックの客のカナダ人の気のいい男と知り合いになり、カナダでの釣りの講釈を聞かされ、その内に必ず釣りに行く、その時は俺の家に来い、よしわかったと握手して別れ、その彼を見送りに車を滑走路の近くまで乗り入れ、飛び立つ飛行機を間近で見送って帰ったものだが、あれも東京ならではの一期一会のワンシーンだった。

スポーツカーにもう一つの味のある思い出は、ある時箱根でゴルフをしてトライアンフで逗子の家に戻る途中、私のすぐ後をしつこく追いかけてくる車があって、それもたしかオースチンヒーレーのスポーツカーだった。

その車が稲村ヶ崎の先で私をふさぐようにして止まり、降りてきた外国人が私にいきなり、

「お前はスポーツカーの運転の仕方を知らないな。こんな雨なのに何度もブレーキを踏むなんぞ論外だ」

と偉そうに言う。

「いや、俺のこの車は長年乱暴に乗りすぎてきたのでエンジンブレーキは彼女に酷なんでね」

と言ったら、あばずれっぽい女を連れたその男が、これも縁だからそこらで一杯やろうと言い出し、その先のレストランでウイスキーをトスして別れたものだった。その男の名前がグッドマンというのはお笑いだったが。

とにかく酒の絡む運転に関しては話にならないこの今から思えば夢のような話で、酔っ払いに重ねての居眠り運転もざらの話で、私も居眠り運転の顕著な現象の車の蛇行に重ね、運転している目の前を鳥のような黒い影がかすめて過ぎることがあった。これは後で仲間に聞いたら居眠り運転の通弊だそうだが、ある時あまり目障りなのでその影を手で摑んでやろうとしたらハンドル捌きを誤って道からはみだして海に落ちたことがある。

海といっても磯子の横浜プリンスホテルの下のまだ埋め立てされていない砂浜の磯で、さすがにその時は慎重に車を止めて五分ほど眠って眠気を覚まして無事に帰ったものだった。

あの頃のスポーツカーでの道楽運転は際どい波乗りみたいなもので今思い出すといかにも危うい、というより堪らなく懐かしい。その味わいの深さはこの現代ではとてもかなわぬものの故に違いないが、負け惜しみではなしに今の私には及ばぬ一台何千万もする超高級車に乗っている手合いには逆立ちしても出来ぬ道楽だろうから、町でフェラーリとかマセラティなんぞを眺めても羨ましいとは露ほども思いはしない。あれはただただ宝の持ち腐れでしかありはしまいに。

酩酊《めいてい》の末に、どこかいいところへ誰かいい人と会うために肩で風を切りながら車を際どく飛ばしていく醍醐味は、男が都会で味わえる限られた道楽なのに何と味気ない世の中に成り果てたものか。

ということで、私はジャガーのＸＫもモーガンも息子と親しい友人にやってしまった。

# スポーツの効用

誰かが言っていたが、人間三十歳になると急に走り出すと。

私もそうだった。三十という齢は確かにある区切り目で、誰しも三十の誕生日を迎えると愕然とさせられる。つまり、それは青春の終わりの告知であって、己の肉体の老化の始まりへの自覚で、その挽回《ばんかい》のために走って老いを追い越そうという試みだ。

私が自分の肉体の老いに向かっての凋落《ちょうらく》を悟ったのはもっと昔のことで、大学に入り、先輩面して高校のサッカー部の真夏の合宿に出かけ、練習試合の最中に顎を出してしまい、近くの家の井戸水を飲みに脱落して、数年前に出来たことがもう駄目になってしまった己の肉体の凋落に密かに慨嘆したものだった。

そして私も三十の声を聞いた途端に肉体の凋落を防ぐために毎日整備の腹筋体操の後、五キロの距離を走り出したものだ。その効果は歴然としてあって久しぶりに会ったある編集者に、デビューの頃と変わりませんねと感心されたものだったが。

以来、肉体の凋落には気を配り、ただ走るのは退屈なので十年ごとに何か新しいスポーツを手掛けることにしてきた。

長年続けてきたサッカーは昔のようには走れなくなったので、湘南サーフライダーズなるプライベートチームの仲間に迷惑をかけぬようにウイングのポジションは若い仲間に譲り私はサブに収まり、それではどうも気が晴れぬので何か別のスポーツをと思い立ち、テニスを選んでみた。

このスポーツは女向きと思っていたらそれは偏見で、始めてみたらなかなかタフで面白い。特に私のサーブはなかなかのもので仲間内でも評判ともなり、ダブルスでは私よりも先輩のパートナーが私に先を譲ってくれるようにもなったし、強豪の集まる夏の毎日新聞のトーナメントではダブルスで四回戦までのし上がるまでになったものだった。

新しいスポーツを手掛ける試みの効果というものは不思議で、こいつでなんとか上手くなろう、強くなろうという意欲と工夫は私の本職の文学にも微妙な影響をもたらしてくれ、以来私の書き物の文体にある変化をもたらしてもくれたような気がする。それは大脳生理学的にもごく妥当なことだそうな。

そしてさらに進んでの男盛りの四十の齢を迎えた時、いろいろ考えた末にスクーバダイビングを始めたものだ。これも大当たりで、最初新宿のドウ・スポーツプラザで素潜りから始めたが、これもこれなりに面白く、その内十メートルの底まで軽く潜れるようになったもので、いざ本番で伊豆の式根島の中の浦で初潜りし、その後少し沖に出て隣の御釜湾沖の回遊魚の通り道の外海で潜ってみたら、まさに世界が拓け、未知の異なる宇宙に迷い込んだようなときめきがあった。つまり、陸の上とは全く違う世界がこの世に在るのだという、恐らく宇宙飛行士が宇宙から地球を眺めた時と同じ戦慄だろう。

そして本土では禁忌の水中での漁も、限られた漁師には許されている沖縄では漁師の手伝いという名目で行えるし、これまた陸の上での鉄砲での猟とは違って獲物との一体感が痺れる。私の記録は、水深二十メートルの棚で待ち受け、やってきた回遊魚の群れの中に躍り込んで最後には獲物に抱きついて仕留めた、私の身長に近い五十キログラムのカンパチで、あの漁の実感は忘れられない。陸地から深みに垂直に近く落ち込むドロップオフの縁に添って進みながら獲物を探す夢を今でもよく見る。

ヨットではベテランの私はあちこち外国の海を知ってはいるが、初めて見る海を眺めながら、この海の下にどんな魚がいるだろうかを風や潮の流れで想像したがる癖は並のヨット乗りには与《あずか》りしれぬ道楽だ。
だからお節介の私は、ヨットのクルーたち全員に家のプールを使ってスクーバダイビングの要領を教え込んだものだ。あれは彼等への何よりの贈物だったと思う。

そして六十、還暦になる齢に達した時、五十代にも耽溺していたスクーバダイビングに続いて何を新規に始めるかと考え、陸と海に続いて次は空かと思いつき、飛行機は金がかかりすぎるかと、同じ空ならばスクーバダイビングと同じように身ひとつで堪能するなら安上がりのスカイダイビングにしようと思い立ち、専門家に質したら、そのための練習は至極簡単なもので、どこででも出来るという。

インストラクターを呼んだら、私の事務所に木の箱を持ってきて、まず上に立てという。そしてそこから目をつむって床に飛び下りろ。さらには目をつむったまま二十勘定してから胸の前のストラップを引けという。すると背負ったパラシュートが開いて体は宙に浮き、その後は下界を眺めながら鳥になった気分で緩やかに地上に舞い降りることになると。

大事なことは飛行機から飛び下りたら慌てずに確かに二十数えることで、慌ててストラップを引きパラシュートが早く開くと地上までの時間がかかり、風に流されて目的地を外れてしまうからという。言われるまま事務所の部屋で至極簡単な練習をして、次の日曜日に習志野の飛行場を飛び立って空から飛び下りる予定でいた。

ところが、前日の土曜日に夕食をとりながら見ていたテレビのニュースでとんでもないものを見せられた。

どこかの飛行場から飛び立った飛行機から飛び下りた女のビギナーが恐

怖のあまり一緒に飛んだインストラクターにしがみつき、彼女も相手のプロも胸元のストラップを引けずに抱き合ったまま近くの土手に墜落して死んだという。そして落ちた二人が土手にあけた穴ぼこの写真が映されていた。

ということで、どうも嫌な感じがしてきて私としては翌日の予約を取り消してしまった。お陰で私としては折角の楽しみをふいにしてしまったものだ。

なんとも悔しいので、またいつの日にかと念じてはいるが。

# 男の傷

テレビや映画の時代劇に出てくる悪役や、ちょっと凄みを利かした役の男の顔にはよくメイキャップで拵《こしら》えた傷がある。男の向こう傷というのはその由来は定かならぬが、いずれにせよ彼の男としての存在感を感じさせるものだ。ともかく向こう傷というのは顔という看板についた綾《あや》だから目に付きやすいし、相手の目には見えない人生の襞《ひだ》を予感させる。

日本の裏社会では顔の傷がはったりを利かせる節があって、馬鹿なチンピラがわざわざ顔を剃刀で切って傷をつくり、それも二筋切ると傷がくっつきにくく大きく見えるというので、それまでして顔の傷をつくる馬鹿もいたそうな。私の知る限り日本の裏社会で本物の凄い傷を持っていたのは戦後生き残って復員してき、混乱した社会の中で無法にのさばっていた三国人たちに対抗し一般市民を守り、それがそのまま組織として残り暴力団化し東京で幅を利かせたものの一つ、安藤組に並んで銀座を取り仕切っていた銀座警察なる組織のナンバーツーの、たしか黒川という男だった。

他でも記したことがあるが、彼は組織の副業のボクシングジムの責任者で、当時拳闘マニアだった私とはリングサイドでの顔見知りだった。そして私が映画監督としての初仕事『若い獣』で、拳闘界の内幕を暴いたために組織のトップにいた土屋が腹を立て、私を成敗すると言いがかりをつけて来た時、間に入って事を丸く収めるために陰で力を尽くしてくれたものだった。

彼の教えてくれたとおり私も受け答えして事はなんとか丸く収まり、私も怪我をさせられずにすんだものだが、左のこめかみから顎にかけてまさに絵に描いたような見事な刀傷のある彼が、手打ちの席でボスの後ろで薄い微笑を浮かべながら目でサインを送ってくれていたのは忘れられない。

その彼の見事な刀傷の由来は、戦後のごたごたの折に銀座で幅を利かせていた朝鮮人たちとの乱闘の時に、倒れた仲間を抱き起こそうとして、斜め後ろから切りつけてきた敵の刀をまともに顔で受けたものだったそうな。

あの傷はまさに男としての彼ならではの勲章と言えたろうに。大きな傷さえなければ端整な顔立ちの彼の、左の顔に縦一文字に刻まれたあの傷の印象は今でも忘れられはしない。住む世は違《たが》えても、彼とは一生持ちつ持たれつの付き合いが出来たろうに。

「脛に傷を持つ奴」という言葉があるが、男の体の傷なるものは事故や災害によるものでない限り、なまじのことで負うものでありはしまい。それは傷のある場所によっても違うが、一生付きまとって離れはしない。大学時代、サッカー部の練習で右の足首を捻挫してしまい、しばらく脚を引いて歩く始末だった私は今でもその後遺症が感じられ、それは感じる度に懐旧の念をそそる。それもささやかな青春の贈物として心得ているが。

何にもまして男の体の傷の所以の深さを感じさせられたのは、あちこち顔の広かった弟の育ての親の水の江瀧子さんにいろいろ面白い話が聞けるというので紹介された、昔は「ガチャンのタケ」といわれた元大ヤクザ、その後は外人相手のチャブヤ（売春宿）の経営者という男で、確かに面白い昔話を聞かされたことがある。彼の話を証すのは体中の傷痕だった。彼の渾名の所以は彼のいるところでガチャンと音がしたら誰か人が死んでいるという伝説からだった。

それを証すように諸肌《もろはだ》脱いで見せてくれた彼の体中に十以上の刀や銃弾による傷があった。それを見て思わず「あなたはいったい何人の相手を手にかけたのですか」と質した私に、

「いや、それはもう忘れました。ただもう思い出すのも億劫《おつくう》ですな。人間が人間を殺すというのは当たり前でしょうが、嫌な仕事ですよ。その償いは刑罰なんかですむものじゃありませんな。いろいろな罰が当たりますな」

「いろいろな、というのは」

質した私に苦笑しながら、

「そのお陰で私は桜の花が苦手になりましてねえ」

「それはどういうこと」

「いえね。私の最後の人殺しというのは、組織のために請け負った相手に付きまとって、結局どこで殺したと思います？　逃げ回った相手が最後に交番に飛び込んでね、お巡りの目の前で刺し殺しました。お巡りも腰を抜かしてね。そこで私が腰を抜かしているお巡りに代わって呼んでやった警官が来るまで座って待っている間、ぼんやり一人で外を眺めていたら、目の前に桜の花が満開で咲いていましてね。あれ以来ですな。桜の花が忌わしくなってね。ですから私は花見に行かないし、桜が咲いている時は桜の花の下を避けて歩くことにしていますよ。因果と言えば因果な話ですな。これだけ体のあちこちに傷をもらうと、今さら大仰な入れ墨なんぞ不要でね、何かで凄むなら片肌脱いで見せれば相手は黙りますからね」

というこことからしても男の傷には多分女にはあり得ぬ謂《いわ》れがあるに違いない。

つまり男が男でしかない証しとしての証しとして。

# 喧嘩

人間、人さまざまだから当然何かの弾みで摩擦が起き、喧嘩《けんか》ともなる。女同士の喧嘩の態様は男のそれとはかなり異なって陰湿なものに違いなかろうが、男の場合には往々は派手な暴力沙汰にもなりかねない。アメリカの西部劇なんぞを見ると椅子や机を使っての派手な乱痴気騒ぎが多いが、あれはあくまで劇としての作り物で、実際にあり得るものでありはしまい。

しかしこの日本でも事によれば男同士の、実際に手を出しての出入りともなり得る。私も今までに何度かそれに立ち会ったことがあるが、それはそれで男の世界ならではの、それなりにエキサイティングなものだった。

最初のそれはまだ大学の寮で貧乏暮らしをしていた頃、ある夜、突然寮に大勢の土木作業員がつるはしやスコップを手にして押しかけてきて、寮の仲間の誰かを差し出せ、さもなくばお前たち学生を半殺しにしてやると喚き立てたことだ。

寮の幹事が寮を代表して訳を質したら、寮生の一人が駅前の呑み屋で土木作業員にからまれ、その相手を殴り倒してしまったという。犯人は守谷という九州の八代出身の気骨のあるナイスガイで、後に日本航空に入り社長候補とも期待されていたが惜しくも夭折《ようせつ》してしまった男で、寮生全員が手に木刀や棒を手にして玄関前に集まった。

あれをあのまま放置していたらとんでもないことになったろうが、誰かが警察に連絡して警官が駆けつけて事を制してくれて収まった。学生対土木作業員の乱闘となれば一人や二人の怪我人も出たことだったろう。しかしそれでも文鎮か何かを手にして駆けつけていた私としては、野次馬の一人としてどこか期待外れの感がしないでもなかった。

斯く言う私も議員時代に一時期国会に近い極東拳のジムに通ってトレーニングに励んだことがある。コーチは相手のサミングで目を痛めて引退したバンタム級の元チャンピオンの高田選手で容赦なくしごかれたものだが、ある時ヨットの仲間のやっていた赤坂のナイトクラブで酔客にからまれ、店を出た後も路上でなおからまれ、止めにかかった相手の連れの女をその男が殴るのを見兼ねて、相手三人を殴り倒したことがある。その後、改めて格闘技というのはなるほど役に立つものだと思い至ったものだったが。

男の喧嘩にはいろいろ訳もあろうが、私の知る限り一番見物で他愛なかったのは、弟の裕次郎と彼の親友の勝新太郎とのそれだった。

ある時、次の仕事の打ち合わせで弟と相談の必要があってその打ち合わせに彼等二人が一緒にいるという銀座のクラブまで出かけていった。その

席で勝が弟のことを褒めて、

「いやあ兄弟、あんたはつくづく大した役者だよなあ。何をやってもそこに裕次郎がでんとして在るんだからなあ」

日頃仲の良い二人は互いを兄弟と言い合っていたらしいが、相手の褒め言葉をどうとったのか、弟が、

「何それはどういうことだよ。何をやっても俺が俺でというのは、この俺が大根役者ということかよ」

「そうじゃねえよ。なまじの芝居なら誰にでも出来るさ。あんたは何をやってもでーんとした裕次郎なんだよ。それはスゲえことだぜ」

「つまりそれは俺が大根ということじゃねえか。気に入らねえなあ」

「気に入るも入らねえも、裕次郎は裕次郎なんだよ」

「気に入らねえな。俺は俺で芝居は芝居としてやっているよ」

「それは余計なことなんだよ。何をやっても裕次郎は裕次郎なんだ」

「だけど勝ちゃん、あんたのやる座頭市は凄いよなあ」

私が半畳を入れたら勝が、

「いやあお兄さん、めくらの真似なんぞ誰にでも出来るよ。しかし本当のめくらの気持ちなんぞ俺たち目あきにはわかりゃしませんよ。ところが、裕次郎はすうっとめくらの裕次郎になっちまうんだよな。何をやっても裕次郎は裕次郎なんだなあ。それは大したものなんだよな」

「気に入らねえな。要するに俺は大根ということじゃねえか」

「気に入らなけりゃそれでいいよ。てめえで本当のてめえのことがわからなけりゃ大根以下の馬鹿野郎だよ」

「もう一度言ってみろ」

「本当のてめえがわからなけりゃ、大根以下の馬鹿野郎だよ」

「よく言ったな。てめえ、死ぬ覚悟は出来ているんだろうな。表へ出ろよ」

「おう上等だ。表でもどこででもてめえが何か俺が教えてやろうぜ」

言って立ち上がった二人に、互いの取り巻きたちが青ざめて立とうとするのを勝が両手を広げて制して、

「お前ら引っ込んでろ。これから男同士の命がけの勝負なんだ」

怒鳴りつけ、二人だけで立ち上がる様子に、

「よし、後はこの俺が見届けてやるからな」

立ち上がった私には何も言わずに勝が頷いてみせた。

ということで取り巻きの手下どもを残して三人して店を出た。残された連中は固唾を呑んで我々を見送っていた。

店の直《す》ぐ横の細い路地に入って路地なりに十字路まで来たら、勝が先に立ち止まり弟を振り返るとにやっと笑って、

「おい兄弟、これは芝居にしとこうぜ」

と言ったら、裕次郎もにやっと笑って頷いてみせた。

それを受けて勝が私に、

「お兄さん、どこか河岸を替えましょうぜ」

言って先に歩き出し、弟は私に向かって肩をすくめて頷いてみせ、そのまま三人揃って勝の行きつけらしい店に向かって歩き出したものだったが。

# 女を捨てる

私は一度女を拾って捨てたことがある。それもまさしくある女を拾いながら捨てたのだ。

あれはまだ二十代の初めの頃、前にも述べたが、富士重工のスポンサーでスクーター四台と四トン積みのトラック一台のキャラバンでチリのサンチャゴから発して南下し、パタゴニアを越えてアルゼンチンに入り、パンパを走り抜け、ブラジルに至る大旅行でのことだった。

私の案でニチレイのカラフルなナイロンスカーフをしこたま提供してもらい、そんな洒落たものの全くなかった中南米では、そのお陰で大もてにもてた夢みたいな青春の旅だった。メンバーの大学の後輩の学生四人の内の三人はまだ童貞で、彼等にしてみれば夢のような旅だったろう。斯く言う私もチリのオソルノ州（現ロス・ラゴス州）のオソルノ市で、知事の娘のカルメン・マリア・テレサなる名前の大学生に惚れられ、結婚まで申し込まれたが、そうも行かずに後ろ髪を引かれながら町を発ったものだった。

その後、オソルノからさらに南下し、もうパタゴニアに近いプエルトモントを過ぎた田舎のさらに田舎の名も知れぬ小さな村にさしかかった時、村の手前の山が火事を起こして燃え続けているのに驚かされた。その村に一軒しかないレストランで食事をして質したら、火事を消すのにとても手が足らずに諦めているという。

その店には、たった一人でかいがいしく働いている顔立ちのいい若い娘がいた。そしてその娘に客の男たちが何やら卑猥《ひわい》な冗談を口にし、サービスのために脇を過ぎる彼女のお尻や胸にまでえげつなく手を出して笑いたてているのだ。その内に彼女は我々の席に注文をとりに来て、我々の通訳として同伴してくれていた現地の二世大学生の曽根君に、私たちのこれからの予定についてひどく熱心に質してきた。

そこで彼女のあまりに気の毒な仕事ぶりに興味を抱いた私が曽根君に彼女の境遇について質させてみたら、気の毒なことに彼女は貧しい農家の生まれで彼女の家の失火から山火事が始まり、両親と弟は火傷《やけど》がもとで死んでしまい、孤児となった彼女は見知りのこの店に拾われ、性的にも奴隷のようにしてこき使われているという。

それを聞かされて同情して彼女を励ました私に、彼女は涙を流して取りすがり、「どうかこの私をここから連れ出し、アルゼンチンまで連れていってほしい。その間どんな辛いことでも懸命に奉仕して皆のために尽くすから」と懸命に頼むのだった。

「よしわかった」

即座に私は頷いてみせた。

驚いたのは曽根君で、

「そんなこと言ったって、こんな女、パスポートも持っちゃいませんよ。戸籍だってわかりませんし」

「しかしそうは言ってもこの子をこのまま惨めにしておくのは可哀《かわい》そうじゃないか。君も同じチリの人間として同情しないのかね」

答えにつまる曽根君に、

「いいから、とにかく彼女をこの村から連れ出してやるのが先決じゃないのかね」

言った私に他の隊員たちも同調して、

「そうですよ。とにかく助けてやりましょうよ。とにかくここから連れ出してやるのが何よりもの救いですよ。その後、どこか他の町でもっとましな仕事を見つけてやることです。同じチリの国なんだから言葉に困ることだってありゃしませんよ。必ずなんとかなりますよ」

言い募るものだから、曽根君も怯みながら頷かぬわけにいかなくなった。彼女に何か囁いて促すと、彼女も顔を輝かせて頷き裏口から店を抜け出し、曽根君と言い合わせた村のはずれの小川の岸辺で我々と落ち合った。見直すとその姿はいかにもみすぼらしく、しかたなしに余っていた誰か隊員のシャツとジャンパーを与えて着替えさせ、小川の水で顔を洗わせたら、目鼻だちの整った驚くほどの美人にあいなった。

「俺、この子を日本まで連れて帰ってもいいくらいだよなあ」

誰かが言い出し、私としても同感だった。

「冗談じゃありませんよ」

曽根君が慌てて皆の口を塞いだが、彼とて驚いた顔でしげしげ彼女を見直していた。それからの数日間、我々としては新しい隊員を加えて今までになく心はずむ思いで旅を続けたものだった。

そして当然のことながら彼女を連れての旅の最後の日が来た。プエルトモントという海に近い町まで来たら曽根君が、

「これから先、彼女が仕事を探せるような町はありませんよ。明後日には国境を越えてアルゼンチンに入るためにラゴフリアという湖を渡るフェリーに乗るんですからね」

駄目を押すように私に告げてくれた。

「わかった」

私も頷くしかありはしなかった。

町の小さなホテルのロビーに彼女を囲んで皆を集め、

「彼女との旅は今日で終わりだ。彼女もそれを覚悟でここまで一緒に来た筈だ。皆も見ていたように、あの村であんなに惨めに暮らすよりも、ここでもっとましな人生が彼女のために拓けることを俺は信じているよ。皆も

そう思うし、そう願うだろうにな」

私の最後のスピーチを彼女も一語一語頷きながら聞いていた。そして最後に会計係の小林からせびりだした幾許かの金を、彼女の手を取り握らせてやった。

その瞬間、彼女が声をたてて泣き出し、私に飛びつき抱き締めてきた。私も同じように彼女を抱き締め頬ずりしてやった。他の隊員たちも代わる代わる彼女を抱き締めてやっていた。ただ曽根君一人だけがなんとも言えぬ顔をして私たちと彼女を見比べていたものだった。そして最後に私に向かってゆっくり肩をすくめてみせた。

「あんたがあの女を拾い、こうしてまた捨てたんですよ」

と言わんばかりの顔をして、私を見つめ直し、ゆっくり微笑し頷いてみせた。

それは同じ男としての共感とも非難ともつかぬ表情だった。確かにあれがもし若いいたいけない男の子だったら、私はあの子を拾ったり捨てたりもしなかったろうが。

　今思い出してみると、あの名前も覚えていないあの子のほうが、私に結婚まで申し込んでくれたカルメン・マリア・テレサより美人だったような気がしているが。

　この今になってみれば、あの思い出は淡い失恋のような気もしてくる。ボードレールの詩のように、行きずりの女に感じて閃いたあの淡くも強い未練の思いをいったい何と心得て胸にしまっておいたらいいものなのだろうか。

※本書には、今日の人権意識に照らして不適切と思われる表現が使われておりますが、時代背景と作品価値に鑑み、修正・削除は行っておりません。

この作品は二〇二〇年十二月小社より刊行されたものです。

# 男《おとこ》の業《ごう》の物語《ものがたり》

石原慎太郎《いしはらしんたろう》

令和4年2月10日　初版発行

発行人――石原正康
編集人――高部真人
発行所――株式会社幻冬舎
〒151-0051東京都渋谷区千駄ヶ谷4-9-7
電話　03(5411)6222(営業)
　　　03(5411)6211(編集)
振替00120-8-767643
印刷・製本―中央精版印刷株式会社
装丁者――高橋雅之

検印廃止


幻冬舎文庫

ISBN978-4-344-43159-1　C0195　い-2-16

幻冬舎ホームページアドレス　https://www.gentosha.co.jp/
この本に関するご意見・ご感想をメールでお寄せいただく場合は、
comment@gentosha.co.jpまで。